COMBATANTS WILL BE DISPATCHED!
戦闘員、派遣します!
5
「何ですか、やりますか?
食べ物の事に関しては絶対に譲りませんよ」
JN018429
ロゼ
ROSE
カー○ィみたく
コピー能力を持つキメラ。
晴れて秘密結社キサラギの
戦闘員見習いに。
ROSE'S VIEW
最近は森でモケモケばかり
食べてるせいか、あたしのチョキは
岩をも砕く勢いです。
この巻のメインヒロイン

キサラギ＝アリス
KISARAGI ALICE

「人の奢りだからって調子に乗んな！」

「人間は成長する生き物だと聞いたんだが、
お前らちっとも変わらねえなあ」

戦闘員六号
SENTOUIN ROKUGOU

スノウ
SNOW
「おい店主、メニューの端から端まで持ってきてくれ！」
「このあたしがいる限り残す事はあり得ませんから！」
「ねえ隊長がそれ言うの!? 普段私の奢りだと、高いお酒ばかり飲むクセに!?」
グリム
GRIMM
決戦前夜の定番イベント

VIPER'S VIEW
え……。わ、分かりました、ではもう一度……。
「すんません、よく聞こえなかったんでもう一度お願い出来ますか」
「おう、自分ももう一度聞きてえな。今度はちゃんと録音するからぜひ頼む」

「よくぞここまで来た、
愚かで勇敢な人間達よ……。
我が前に立った勇気に敬意を表し、
せめて眠るように
逝かせてあげましょう……！」
バイパー
VIPER
魔王城の謁見の間にいた
謎の美少女。
魔王はおっさんのはず
なのだが……？
魔王城での定番イベント

「悪いなアリス、ここは大人しく引いてくれ。
さもないと、俺が貯めに貯め込んだ悪行ポイントが
この街を火の海に変える事になるぞ」

TIRITH'S VIEW
やめてくださいね？

本当にやめてくださいね？

「やってくれたなこの野郎、あれだけ大人しくしてろっつったろ。そんなに相棒の自分が信じられねえか？」

悪の組織の定番イベント

CONTENTS

COMBATANTS WILL BE DISPATCHED!

口絵・本文イラスト／カカオ・ランタン

戦闘員、派遣します！５

暁　なつめ

角川スニーカー文庫

21973

秘密結社キサラギの本部にアスタロトの声が轟いた。

「だから、もうリリスの命令は聞かなくていいのよ！　現地での任務は他の戦闘員に任せて帰ってきなさい！」

『そんな事言われてもルールは守ってもらわないと困りますよ。最高幹部から出された指令の中止は、指令を出した本人にしか行えない。ちゃんと規約に書いてありますよ？』

モニター越しに映る六号の、鼻をほじりながらの拒否の言葉に、アスタロトの眉がキリキリと吊り上がる。

「あなたが規約なんて知るわけないわ、誰かが入れ知恵してるわね！　アリスがそう言えって言ったんでしょう！　……ほらリリス、指令中止を命じなさい」

一応規約は守るのか、真面目なアスタロトがリリスを促す。

「やあ六号。ごめんね、僕が出した指令は中止だ。もう地球に帰ってきていいからね」

やけに素直なリリスの言葉に、六号が即答した。

『お断りします。リリス様、簀巻きで吊されてるじゃないっスか。つまり脅されて言わされてるんでしょう？　でも大丈夫です、俺はリリス様の忠実な部下ですからね、ちゃんと察してますから任せてください』

「ま、待ちなさい！　リリスが簀巻きにされてるのにはちゃんとした理由があるのよ、別に脅して言わせてるわけじゃ……」

「その通りだよ六号、アスタロトとベリアルが酷いんだ！　僕のお宝を強奪した挙げ句、簀巻きにして責め苦を負わせ……！」

慌てたアスタロトにリリスが口を塞がれるが、それを見た六号がハッと驚きの表情で、

『またどうせリリス様がバカな事やらかしたんだろうと思ってましたが、まさか本当に脅されていたとは……！　大丈夫ですリリス様、あなたが無事で元気な姿を見せるまで、俺は任務を続行します。だからリリス様も、悪の女幹部の責めに屈せず耐えてください！』

「この子も悪の女幹部の一人よ！　あっ、ちょっ……、待ちなさ……！」

一方的に告げた六号は返事も待たずに回線を遮断した。

静まり返った管制室には天井からプランと吊り下げられた簀巻きのリリス、そして呆然としたアスタロトが残される。

　と、そんなアスタロトをあざ笑うかのようにリリスが皮肉な表情を浮かべて見せた。

「大変な事になったねアスタロト、これじゃあ六号は帰って来ないね。ああ、一つだけ手があるか。僕がもう一度現地に行って直々に指令を撤回すればいい。モニター越しじゃダメだよ、だって画面外で武器を突き付けて脅すってやり方は、僕達の常套手段だからね」

「…………」

　簀巻きのままで勝ち誇るリリスに対し、アスタロトは無言のまま動かない。

「僕が六号の帰還に協力するかどうかはキミの態度次第だ。ハハハハハ、どうやら立場が逆転したみたいだね！　さて、僕からの要求は三つだ。一つ、僕の触手と財宝を返してもらおう。二つ、僕に対する態度を改め、天才科学者に相応しい扱いをする事。具体的には、今後何かやらかしても簀巻きの刑は止めてねって意味さ。そして三つ！」

「持ち帰った財宝ならここには無いわよ」

「僕の勤務割りを週休六日にする事……。……今なんて？」

　簀巻き状態から逃れようとモゾモゾしていたリリスが止まる。

　アスタロトは管制室を手で示し。

「ここにはあなたと私しかいないでしょう？　財宝ならベリアルが、部下達に奢ってやるんだって持ってったわよ」

「解いて！　ねえアスタロト、六号の説得に協力するから早くこれ解いてよ！　現地であれだけ頑張ったのに、僕の努力が無駄になる！」

リリスが必死にクネクネしアスタロトに訴える中、キサラギ内に館内放送が轟いた。

『本部にいる怪人と戦闘員達へ。普段頑張っている私達に、業火のベリアル様がご馳走してやるとの事です。手の空いている者はロビーへ集合。手の空いていない者は、仕事が終わり次第宴会場へ……』

「アスタロト、僕が悪かったから早くして！　前回調子に乗って煽った事は謝るから！　現地では色々あったけど、僕本当に頑張ったんだって！　あと、ずっと我慢してたんだけど、そろそろトイレも行きたいんだ！」

リリスが汗を垂らして呼び掛けるが、アスタロトはそれを完全に黙殺しながら、窓から空を見上げると――

「早く帰って来なさいよね……」

「浸ってないで早くして！　ねえ、ほんと漏れちゃうから！」

一章

死にたがりの女の子

1

黒のリリスが魔王城の防衛設備を爆撃してから一週間が経った。

鳴り物入りでやって来たリリスだが、地球の科学力で無双するつもりがあまり役に立たず、最終的に癇癪を起こして魔族領へと攻め込んだのだ。

キサラギ幹部による圧倒的な暴力の前に、魔王軍側は簡単に俺達との交渉に応じるかと思われたのだが、魔王軍四天王、炎のハイネからは未だ連絡がない。

かといってリリスが地球に帰ってしまった今、再度魔王城へ侵攻するというのも現在の戦力では難しい。

そんなわけでやる事もなく、俺はアジトの娯楽室でダベっていたのだが……。

「おい六号、これを見ろ！」

リリスが備え付けていったゲーム筐体で遊んでいると、興奮気味のスノウが突然ドアを開け放つ。

そして、報告書らしき紙を突き出しながら、自信満々な態度で言ってきた。

「有能な私が魔王に関する情報を集めてきたぞ！　趣味や性別、特技に好きな食べ物まである！　この私からもたらされた情報は、魔王との交渉の際に役立てるがいい！」

俺はスノウが持ってきた報告書を読み終わると、クシャッと丸めて投げ捨てた。

「ああっ、何をする！」

「何をするじゃねーよ！　お前ふざけんなよ、普通こういう時魔王ってヤツは美女か美幼女って決まってんだろ！　そんで、語尾に『のじゃ』とか付けるんだよ！　キサラギ幹部はみんな女で固めてるんだぞ、なぜならそれがお約束だからだ！　それが……」

そう、それなのに……！

「それが、なんで魔族のおっさんが魔王やってんだよコラァ！」

「そんな事私が知るか！　そもそもなぜ魔王が女だと思うのだ、この国でもそうだが、王とは男が成るものだろう！　ほらっ、続きを読め！」

俺は嫌々ながらシワを伸ばされ押し付けられた紙に目を通す。

【魔王ミールミール。およそ二百年に亘って魔族領を支配してきた大魔族。外見は壮年男性で角を持つ。元々は人類と適度な距離を置いていたが巨大魔獣『砂の王』に領土の大半を砂漠化され、居住地を求めてグレイス王国に突如侵攻を開始。その後、長きに亘る戦いにより魔王軍、及び人類軍共に疲弊していたところ、城の専属占い師により、勇者の覚醒と魔王の討伐、そして人類に一時の平和が訪れるという予言がなされる。しかし、現在においては勇者は行方知れずとなり、いい加減な予言を行ったこの占い師は罷免され……】

「……なあ、この占い師は罷免ってところに引っかかるんだけど。ひょっとしたら、俺とアリスが来なかったらこの占い当たってたかもしれないんだよね」

そう、本来であれば、よくある王道物語のように勇者が魔王を倒していたはずなのだ。

そこにイレギュラーな俺達が来た事で何かいろいろ歪んでしまったようなのだ。

……いやまあ、この星はファンタジー世界っぽいだけであり、ゲームや物語ではないのだから未来は変わる事もある。

とはいえ、ちょっとだけ心が痛むのだが……。

「そんな事を言われても、その占い師は既に放逐されたからな。大体、占いなどという胡散臭いものなど当てになるか。そいつが城にいた時も、値上がりする先物の銘柄すら占えなかったのだぞ」

「お前は相変わらずロクでもねえな。……まあ俺達だって生きるために必死だったからな。やっちまったものはしゃーないか」

どこかで会ったらごめんねって言って缶コーヒーでも奢ってやろう。

しかし、それにしても……。

「性格は強欲にして傲慢、しかしながら魔族を繁栄させる事に関しては真摯である。前回の魔族領侵略でこちらの脅威を感じ取れたと思われるので、魔族領の住民の身の安全をチラつかせれば交渉を有利に進められるはず……。……お前さ、一応は騎士なんだよな？俺達みたいに悪の組織の人間じゃないよな？」

報告書に書かれているこいつの注釈はむしろ俺達キサラギ寄りの考えだ。

前から黒い黒いとは思っていたが、さすがの俺もドン引きである。

「何を言う、この国の騎士だからこそだ。自国が一番、他国は二番、敵国など知った事か。この魔王に会ったなら本人に聞いてみるといい、おそらくは似たような答えが返ってくるぞ。魔王の事を調べているうちに、コイツの事はあまり他人とは思えなくなってなあ……」

この女、よりにもよって魔王にシンパシーを感じてやがる。

この国のためにもこいつは早くどうにかした方がいいんじゃないのか。

というか一応見てくれだけは良いのだから、キャバ嬢なんか向いてる気がする。

……と、いっそ後ろからキュッとやり、地球でキサラギが経営しているキャバクラ送りにでもしてやろうかと、俺が葛藤していたその時だった。

「なんだ、捜しても見付からないと思ったらこんな所にいたのか。お前ら、暇ならちょっと手伝ってくれ」

そう言って娯楽室に現れたのは、リュックを背負い、ショットガンを抱えたアリスだった──


──前回、地球からこの地にやって来た最高幹部、リリスが言った。

『このアジトを拠点とし、周辺諸国へのスパイ活動及び侵略工作を開始せよ』と。

そしてもう一つ、こうも言った。

『それと並行し、アジトを起点として、この地に人類が生存可能な町を作ること。この荒れた大地を蘇らせ、森林を開拓し地球人を移住させる基盤を作りたまえ』と。

魔王問題が解決していないので、周辺諸国へのスパイ活動についてはまだ行えない。

となると、残る仕事はもう一つの任務である、森林開拓と町作りになるわけで──

「六号、トレントがそっちに行ったぞ！　アレは良質な木材になる上に、払った枝葉も魔法の材料として売れるのだ！　逃がすなよ！」

「うるせー！　俺は戦うのが仕事の戦闘員だぞ、何で木こりやらなきゃならねーんだよ！」

俺はアリスとスノウと共に、アジト前に広がる森へとやって来ていた。

「そう言わずに頑張れ相棒。開発のための資材が圧倒的に足りてねえ。悪行ポイントは節約しなくちゃならねえからな。これが終わったら小遣いやるから」

「毎日小遣いさえ与えとけば何でも言う事聞くと思うなよ！　金貨じゃなきゃ認めないからな！　ピカピカのヤツだ！」

根っこを足のように動かしながら逃げる樹木ことトレントに、俺はRバッソーを手に身構える。

トレントってのはファンタジーゲームなんかでたまに見るヤツだ。

この星の生物にツッコむのはもう諦めた、何で木が動くんだとか疑問を持つのも野暮ってもんだ。

何せ魔法がある星なのだ、この広い宇宙には、もしかしたら凶暴な野菜が生息する星だってあるかもしれない。

と、この星の生物の理不尽さに葛藤してると、俺の背中にスノウが叫んだ。

「待て六号、毎日金貨が貰えるなら私が木こりに転職したい！」

「し、正気か？　騎士を辞めたらお前にはおっぱいぐらいしか残らないだろ……。……？

おい、木になんかくっついてるぞ？」

呆れながら振り向くと、木に黒いピンポン球みたいな物がいくつも張り付いていた。

「……む？　ミピョコピョコの卵か。ちょうどいい、拾っておくか」

そう言って無造作にソレをわし摑むスノウだが、確かその名には覚えがあった。

「おい、ミピョコピョコって自爆する生物じゃなかったか？　そんな危険生物の卵なんて
どうすんだよ」

「ミピョコピョコの卵は強い衝撃を受けなければ爆発しない。投げつければ武器にもな
るし、乾燥させて粉にすると、強力な発火剤にもなるのだ。つまりは売れる」

コイツ、本当に金が絡むと逞しいな。

「アジトの部屋に置いといて、ウッカリ孵化させたりするんじゃないぞ」

「私がそんなドジを踏むか。コイツは綺麗な月の光に長時間晒されないと孵化しないのだ。

暗い所にしまっておけば孵る事はあり得ない」

しかし、トレントといいモケモケといい早口言葉みたいな謎生物といい、この星の生物
は本当に謎が多いな。

ミピョコピョコの卵を手に取りながら、俺はそんな事をしみじみと……。

「おいお前ら、肝心のトレントが逃げてるぞ」

「「あっ！」」


——アジトの資材置き場に積み上げられた木材を前に、アリスが言った。

「二人ともご苦労さん。ほら、コイツはお駄賃だ。明日も頼むぞ」

現在、魔王軍と休戦中という事もあり、俺以外にも手の空いた戦闘員達が資材確保に駆り出されているようだ。

資材置き場には、岩山から切り出した石材や大量の鉱石も積まれていた。

「やったぜ、金ぴかのコインだ！　これで今夜はたくさん飲める！」

「おい六号、飲みに行くのなら綺麗どころの私が付いて行ってやってもいいぞ！」

外見年齢十二歳ぐらいのアリスからお駄賃を貰った俺は、いつになく上機嫌だった。

「ふざけんな、俺に集る気だろ！　何が綺麗どころだ、どす黒い中身を知った今じゃお前を女と見てないからな」

「ふふん、お前はいい女がどういうものかを分かっていない。ちょっとぐらい欠点がある方が可愛げがあってモテるのだぞ」

お前はちょっとぐらいで済まないだろうが。

「というか、酌をしてやるから飯を食わせてくれ！　サバイバル生活が長く続くと店の食い物が恋しくなるのだ！」

「お前も金貨を貰っただろうが！　しかも、何だよサバイバル生活って……。あれっ？　貰ったよな、金貨？」

そういえばアリスからお駄賃を貰ったのは俺だけだった。

疑問に思った俺に向け、アリスが当然だとばかりに言ってくる。

「スノウに関しては自分が借金肩代わりしてやってるからな。お駄賃はそこから天引きだ」

「そんなわけで極力生活費を浮かすため、毎日目の前の森で食えそうな物を集めているのだ。お前は私の隊長だろう？　なら部下を食わせる義務があるはずだ！」

元は近衛騎士団の隊長だったはずなのに、コイツはどこまで堕ちていくんだ。

「こんな時だけ隊長呼びしやがって、お前こないだまではもう俺達と関わらないとか言ってたじゃねえか。……おい、おっぱい押し付けたってダメだぞ、戦闘服越しだから感触なんて無いからな！」

グイグイと腕に胸を押し付けていたスノウだが、効果が無いと知ると自らのおっぱいを両手で挟み、誇示してきた。

「貴様、出会った頃はコレに興味津々だったクセに！　なんだ、新しいおっぱいでも見付けたのか？　コレより良いのがあると言うのか!?　コレに関しては自信があるぞ、この国有数のおっぱいだ！　隊長、お願いします！　憐れな部下に奢ってください！」

「お、お前はどこまで堕ちていくんだ……。飯ぐらい食わせてやるからおっぱいアピールはいいよもう……」

普段なら喜ぶとこだが、ここまで悲惨だとエロい事をする気も起こらない。

バカな部下が喜ぶ様を見ていた俺は、ふとある事に気が付いた。

「そういえば部下で思い出したけど、ロゼとグリムは何してるんだ？」

「あの二人は日課である城での訓練の後、ティリス様に用があると言って面会を希望していたな。何でも、これからの事について話がしたい、と……」

まあ、あの二人はこの国所属の兵士だしな。

この間、正式にキサラギの戦闘員見習いになったロゼも、まだ給料その他の説明や契約自体も交わされてはいないはず。

というか……。

「あの二人は仕事してるのに、騎士のお前はこんな所でバイトしてていいのか？」

「貴様は忘れていないか？　私は一応、お前達のお目付役だ。そして、騎士の仕事は平時においては街の治安を守る事。つまり、問題ばかり起こすお前達の監視は立派な仕事だ、なのでこれはバイトではない」

スノウは真面目な顔でそう言いながら、採取した卵をせっせと袋に詰めていた。

2

その日の夜。

「おい店主、メニューの端から端まで持ってきてくれ！」

「テメーふざけんなよ白髪女、人の奢りだからって調子に乗んな！　遠慮しろコラァ！」

「ねえ隊長がそれ言うの⁉　普段私の奢りだと、高いお酒ばかり飲むクセに⁉」

以前、俺がこの地にやって来て初めてスノウと乾杯した酒場で、アリスと小隊の面子が久しぶりに全員揃っていた。

グリムがジョッキを傾ける俺の肩を揺らす中、ロゼがお通し的なつまみを頬張りながら拳を握り、

「隊長、大丈夫です。このあたしがいる限り残す事はあり得ませんから！」

「そっちの心配はしてねえよ、懐具合を気にしてるんだ。こうも人数が多いと逃げ切れ

るものも逃げ切れないから」

「ねえ隊長、お願いだから食い逃げしないで！　このお店はお気に入りの一つなんだから
ね⁉」

　グリムがバンバンとテーブルを叩く中、アリスが感慨深そうに言ってきた。

「人間は成長する生き物だと聞いたんだが、お前らちっとも変わらねえなあ」

「それっていつまでも若いって意味？　つまり褒められてるのかしら」

　違うと思う。

　と、それまでお通しを貪っていたロゼが意を決したように背筋を伸ばす。

「……隊長、アリスさん、話があります」

「何だよ、俺達のお通しもくれってか？　しょうがねえな、ほらよ」

「自分も飯は食えないから構わねえぞ、ほらよ」

「違いますよ、そうじゃないです！　おつまみは貰いますけど！」

　自分の所につまみの皿を引き寄せながら、ロゼが真面目な顔で言ってきた。

「グレイス王国の兵士を正式に辞めてきました。これからはキサラギの戦闘員として頑張
ります、よろしくお願いいたします」

「ええっ⁉」

スノウが驚きの声を上げる中、グリムが楽しげに微笑んで。

「私はまだ司祭としての仕事の引き継ぎが残ってるから、来月付で軍を辞める事になったわ。人手が足りなくて困ってるんでしょう？　ゼナリスの大司教の手は必要かしら？」

「グリムまで!!」

スノウがショックを受けているが、それを聞いた俺とアリスは……。

（おいアリス、ロゼは元々怪人候補として推してたけど、グリムはどうする？）

（常時車椅子の戦闘員ってどうなんだ。荒れ地での行動に制限掛かるし、普段はこの国で働かせて必要な時だけ借りればいいんじゃねえか……？）

「二人とも聞こえてるわよ！　ちょっと待ちなさいな、私の有用性についてはアンデッド祭りで示したでしょう!?　確かに普段は足引っ張るけど、いざという時は役立つから！

そ、それに……！」

グリムは意味深な流し目を送ってくると、

「それに完璧な女より、ちょっとぐらい手がかかる方が可愛げがあるでしょう？」

「お前スノウと似たような事言ってるぞ」

俺の一言にグリムが固まり、二人が辞める事でスノウが頭を抱える。

ロゼはてへへと笑いながら恥ずかしげに頭を掻き。

「見習いとはいえこれからキサラギで働くわけですから、ケジメは付けるべきだと思いまして。なので、ティリス様にちゃんと伝えてきました」

「わ、私としてはロゼを放っておけないからね！　あと何かと隙が多い隊長も！　もちろん入れてくれるわよね!?　じゃないと私、無職になっちゃう！　もう来月付で辞めるって言っちゃったのに！」

そう言って縋り付いてくるグリムだが、コイツなりに友人のロゼを心配しての事なのだろう。

「……まあいいんじゃないか？　一応ヘンテコな謎パワーで役立つ時が無いでもないし。それにほら、怪人ゾンビ女ってまだいなかっただろ？　俺的には女の部下が多いと嬉しい」

「よろしくな、怪人ゾンビ女。今後は上司の自分を敬えよ。アリスさんと呼ぶんだぞ」

「その呼び方はお止め、さもないと呪うわよ!!」

怪人ゾンビ女の加入も決まり、改めて乾杯しようとしたその時だった。

テーブルに空いたジョッキを叩き付け、スノウがこちらを睨み付ける。

「……フン、ロゼとグリムを我が国から引き抜いた事には目を瞑ろう。悔しいが、お前達が来るまでは二人の扱いは酷かった。それがこうして楽しそうにしている姿を見ると、私には何も言う資格はない。しかし！」

「舐めた口利くとお前の分は払わねえぞ」

威勢の良かったスノウだが、俺の一言に動きを止める。

「……し、しかし……。この私は二人のように、簡単に引き込めると思うなよ！　賄賂に弱い私だが、この国に対する忠誠だけは……」

若干勢いが弱まったスノウだが、俺とアリスは顔を見合わせ。

「騎士のお前を引き抜けば、さすがにマズい事ぐらいは俺でも分かるよ」

「スノウに関しては今のままで構わねえだろ。普段は国に面倒見てもらいながら、必要な時だけウチでバイトすりゃあいい」

「あれっ⁉」

俺達の言葉が意外だったのかスノウが素っ頓狂な声を出す。

「ていうかよく考えたら、俺もこの国に雇われてる形なんだよなあ。そろそろ本業の方が忙しくなりそうだし、ティリスに言ってきた方がいいのかな？」

「お前さんの場合はこの国との繋がりの意味を込めての雇われだからな。というわけでスノウ、今のまま、キサラギとこの国からの給料二重取り状態で構わんだろ。ウチは嫌がる相手を無理に引き入れねえから安心しろ」

それを聞いたロゼがくいくいと、アリスの袖を引っ張った。

「アリスさんアリスさん、あたし、半ば無理矢理戦闘員見習いにされた記憶があるんですけど……」

「おっ、注文した料理がきたみたいだな。自分は飯を食わねえから、その分お前が食っていいぞ」

「わあい、ありがとうございます！」

餌に気を取られ記憶を飛ばしたロゼの隣でスノウが口早に言ってくる。

「ほ、本当に私を引き抜かないのか？　これでも元は近衛騎士、しかも隊長まで務めた身だぞ？　指揮能力もあれば腕も立つ、そんな私を簡単に諦めていいものなのか？」

なぜか焦りの表情を見せるスノウだが。

「腕が立つヤツならウチは幾らでもいるからなあ。おいロゼ、その料理俺にもくれよ。……なんだこりゃ、爬虫類の煮物か何かか？」

「これはムピョコピョコの煮付けです、口の中でバンッときて美味しいですよ」

バンとくる味ってどんな味だよ、爆発したりしないだろうな。

「い、いいんだな!?　私が築き上げた情報収集能力は凄いんだぞ!?　私を手放せばきっと後悔するからな！」

「要らねえっつってんだろ！　ウチにはアリスがいるんだ、情報収集能力にかけてはコイツの方が絶対上だぞ。何せ衛星とリンクしてるんだからな、この世の全てが丸裸だ！」

ざまーみろと煽ってやると、スノウの眉がキリキリ上がり……。

「おい六号、リリス様が帰っちまったから軍事衛星はもう使えねえぞ」

と、アリスが世間話でもするかのように、そんな大事な事を今さら言った。

「えっ、なんで!?　衛星は打ち上げたままだろ？　それがなんでもう使えなくなるんだよ」

「知らねえよ。衛星が最後に撮った映像には、浮島みたいな物が映ってた。この星に突入する際にはそんな物は無かったはずだから、光学迷彩でも貼られてるのかもしれねえな」

宇宙空間の衛星を落とす、謎の浮島……。

「なんだ、話を聞くにアリスのとっておきが使えなくなったのか？　どうだ、今なら土下座と高額の報酬で力を貸してやってもいいぞ！　ハハハハハハ！」

勝ち誇った表情のスノウは、そう言って馴れ馴れしく肩に手を回す。

「この星は一体何なんだよ、でっかいスズメにモグラとか、住んでる生き物も妙なのばっか！　ついでに現地の住人すらも変なヤツしかいないじゃねーか！」

「おい六号、変な住人の中に私は入っていないだろうな!?　というかいい加減素直になれ！　私の力が必要だろう!?　ほら、私が欲しいって言え！」

何だコイツ面倒くせえ！

「お前、酒弱いクセに一気に呷りやがったな！　グリム、もうコイツに飲ませるな！」

この女は普段は上から目線で勝ち気なクセに、酒の方は年相応の弱さなのだ。

以前ぼったくりキャバクラの店を開いた際も、酒に弱いコイツのためにノンアルコールのドリンクを用意したぐらいなのに……、

「私は弱くなんてないぞ！　見ろ、ジョッキが空だ！　たくさん飲めるぞ！」

「そうね、スノウはお酒に強くてカッコイイわね。ほら、次はコレ飲みなさい」

「もう飲ませるなっつってんだろ！　コイツは今アジト住みなんだぞ、誰が連れて帰ると思ってんだよ！」

「たいひょう、ふぉっちのおにふ、食べらいのならあたひにふらはい」

顔を真っ赤にして強がるスノウに、面白がったグリムが飲ませ、ロゼがひたすらに飯を貪る、いつかと似たそんな夜。

「お前、自分の足で歩いて帰れよ！　フラフラしやがったならその辺の安宿に置いて帰るからな！」

「安宿に連れて行く？　聞いたかグリム、この男私にいかがわしい事をするつもりだ！

ははーん、だからこんなに飲ませようとするんだな、このドスケベが！」

「置いて帰るっつってんだろ！　大体、お前は自分から飲んでるじゃねえか！　俺にだっ

て相手を選ぶ権利ぐらいあるんだからな！」

掴み合いを始めた俺達に、グリムが笑いながらジョッキを飲み干し、ロゼはもっとやれとばかりに囃し立てる。

そんな俺達に、アリスが呆れたように、そしてどこか楽しげに呟いた。

「お前らちっとも成長しねえなあ……」

「いや、お客さん方、そろそろ成長してくださいよ……」

3

結局、私一人だけ仲間外れにするのはやめろと泣き出したスノウを背負い、アジトに帰ったその翌朝。

「……おはようございます……」

アジト内の食堂で、日本語に翻訳された新聞を見ながら飯を食っていると、顔を赤らめたスノウが挨拶してきた。

いつになく殊勝な様子を見るに、酔っても記憶はあるらしい。

何か言いたげにチラチラとこちらを覗うスノウに向けて。

「おはよう、昨夜はお楽しみでしたね」

「くっ、殺せっ！」

両手で顔を覆って崩れ落ちたスノウをよそに、俺はみそ汁をすすりながら新聞に目を落とすと――

「……砂の王の活動範囲が急激な広がりを見せている。キャラバンを率いる者は厳重な警戒を。当新聞社では傭兵団の斡旋業務も承っており、連絡先は……」

……この国には傭兵団なんてものも居たのか。

魔王軍とは別の意味で俺達の同業者じゃないか、いずれそっちにも挨拶に行く必要があるな。

と、俺がキサラギ流の挨拶を考えていた、その時だった。

「おう六号、おはようさん。あと……」

食堂にやって来たアリスは挨拶を交わしながら楽しげに。

「『まだ帰りたくない！』『私達は仲間なんだから一人にするな！』なんて駄々捏ねた挙げ句、泣き疲れて寝たスノウもおはようさん」

「金なら払う。私の借金を増やしていいから昨夜の事は忘れてほしい……」

スノウが震え声で呟く中、アリスが俺達に言ってきた。

「アンドロイドだから一生忘れねえぞ。そんな事より王城まで付き合ってくれ。ようやく魔王軍からの使者が来たらしい」


──久しぶりに王城に来たのだが、城の外観があちこち変わっていた。

外壁の上には槍状の物が無数に取り付けられ、さらには深い堀が追加されている。

「俺が知らない間に城がリフォームされてるな。ティリスはこういうところでは倹約家だと思ってたんだけど」

「一体誰のおかげで城を改装したと思っている。お前達がティリス様の部屋に侵入したからこうなったのだぞ」

……なるほど、俺と戦闘員十号が夜な夜な通い詰めたせいか。

アレはアレで、悪行ポイントも結構入るしなかなかに美味しかったのだが……。

「何だその目は、もう侵入しようなどと思うなよ！　あと、お前のところの変態にもよく言っておけ！」

ウチは変態がひしめいてるんだけど誰に言えばいいんだよ。

キサラギは、品行方正な俺を除くと変態しかいないからな。

「確かにあいつらは変態だけど悪気はそんなに無いんだよ、ここは俺に免じて赦してやってくれ。そんな事より使者のハイネに、こんなに長く待たせてくれた文句を言おうぜ」

「お、お前まさか、自分は他の者と違うと思っていないだろうな……」

すると、先頭を歩いていたアリスがそれを聞き、足を止めて振り返る。

「使者はハイネじゃないそうだ。相手は若い女らしいが、あまり悪さをするんじゃねえぞ」

おっと、それは前振りと受け取って良いんですかね。

……と、やがて城門に着いた俺達を見て、兵士の一人が門を開けた。

「お待ちしておりましたアリス様。六号様も、どうぞこちらへ」

そう言って俺達の先頭を歩き出した兵士に付いていくと、背後からスノウの罵声が響いた。

「おいお前達、これは一体なんのマネだ！」

「いいえ、我々が通すように言われているのは、アリス様と六号様のお二人なので……」

振り返って見てみれば、スノウが兵士に道を塞がれている。

「バ、バカッ、私はこの国の騎士だぞ！　しかも、元近衛騎士団の隊長でティリス様の側近だ！　お前は私を知らない新兵か？　今回は不問にしてやるが、次は無いからな！」

そう言って兵士を押しのけようとするスノウだが、やはり道を空けてはもらえない。

「スノウ様の事は知ってますよ。というか、言い難いのですが……」

「ええ、私達はその、スノウ様が来ても緊急の用事以外通さないように、と……」

「なぜだ!?」

ここ最近のやらかしで信用が急降下中のスノウは面会を拒絶されたらしい。

「おのれ、兵士ごときがバカにしおって！　騎士の力を見せてやる！」

「ああっ、とうとう抜いたぞ、応援を呼べ！」

「もうコイツは騎士様じゃない、ただの犯罪者だ！　取り押さえろ！」

背後のそんな騒ぎをよそに、俺とアリスはティリスの下へ向かう事にした——


「——六号様、アリス様、お呼びだてして申し訳ありません。魔王軍の使者の方がお見えになりまして……」

そこは、城の応接間にあたるのだろうか。

広々とした部屋に高そうなソファーが置かれ、ティリスの向かいには、羽が生えた魔族の少女が鎮座していた。

人懐こそうな雰囲気のその少女は、入ってきた俺達を見て立ち上がる。

「お初にお目に掛かります。私は魔王様に長くお仕えしている、夢魔族のカミュと申します。このたびはグレイス王国との停戦交渉について、使者として参りました」

カミュと名乗ったその少女は、そう言って深々と頭を下げてきた。

「自分は秘密結社キサラギ、交渉担当のキサラギ＝アリスさんだ。よろしくなー」

アリスが早速挨拶を交わしているが、相手が年端もいかない少女であっても、初対面の同業者に舐められるわけにはいかない。

俺はポケットに両手を突っ込むと、下から睨め付けるように見上げながら、

「おう、俺はキサラギという傭兵団みたいな存在の元締め、戦闘員六号さん……」

……あれっ、コイツ今、自分の事を……。

「……あんた、自分の事を夢魔族って言った？　夢魔族ってアレ？　エロいヤツ？　あの、サキュバスってヤツだろ？」

「い、いえ、サキュバスとは少し違います。私達はリリムとも呼ばれる種族でして、夢を見せて人を堕落させる点は同じですが、エッチな夢ではないと言いますか……」

カミュは俺が出会ってきたキワモノ達に比べ常識人なのか、エッチな夢という部分にいささか照れながらも説明する。

「なるほど、サキュバスの同業者か。でも、エロい夢じゃないのか……。つまりサキュバスの劣化版だな」

「ちち、違いますよ、劣化版ではありません！　夢魔族は、全ての魔族の母と呼ばれた大

魔族、リリス様に最初に生み出されたエリートです！」

…………。

『アリス！　アリース！　今コイツが凄い事言ったぞ、リリス様の娘だってよ！　おいどういう事だよ、相手は誰だよ！』

『落ち着け六号、この事は報告書で上に送っておく。というか全ての魔族の母ってフレーズは、リリス様がよく使う全ての怪人の母ってフレーズとよく似てる。ここまで似ていて全くの無関係とも思えねえ、向こうで直接聞いてもらおう』

思わず日本語で会話を始めた俺達に、カミュが首を傾げている。

「悪いな、予想外の展開に取り乱した、話を戻そう。えっと、おっぱいがなんだって？」

「そんな単語一言も出ていませんよ！　さっきからなんなんですか貴方は、私をからかって遊んでいるんですか⁉」

怒りだしたカミュを宥めるように、ティリスがまあまあと両手を上げた。

「このような方々ですが、その力は本物ですよ？　魔王軍四天王の一人、地のガダルカンド様を討ち取ったのも六号様です」

「この方がガダルカンド様を……」

カミュが目を見開き驚きの声を上げる。

「おっと、戦争なんだから今さら文句は言わせないぜ。こっちだって兵士が犠牲になってるからな」

「いえ、それは私も理解していますので、とやかくは言いません。……そうですか、貴方がハイネ様の言っていた……」

突然出てきたハイネの名に、俺はふと気になった事を尋ねてみる。

「アイツは俺の事なんて言ってた？　俺の計算だと、そろそろデレてもいい頃なんだ」

漫画やラノベなんかのお約束だと、何度も戦ったのに見逃されてるハイネは、そろそろ俺に惚れてもいいと思うのだ。

ここらでアイツの命を助けるイベントが発生すれば、好感度がマックスになってもおかしくないはず。

「デ、デレ……？　いえその、強い方だとはうかがってますが……」

言葉を濁したカミュに、俺は不審を覚え再び尋ねた。

「アイツ俺の事なんて言ってた？　なあ、俺の悪口言ってたろ」

「い、いえ、その……。恥ずかしい写真をたくさん撮られただの、転移寸前で貴方に下着を奪われたせいで大変な目に遭わされただの、そういった事は聞いているのですが……」

いわれのない風評なら文句をつけるところだが、心当たりがあり過ぎる。

「てゆーか、なんでハイネのヤツが使者じゃないんだ？　アイツ、俺にセクハラされないか心配であんたに使者を押し付けたんだろ」

「ち、違います、ハイネ様は現在……」

と、カミュが何かを言い掛けるが、ティリスがパンと手を打ち遮った。

「世間話はもうこれぐらいにしましょうか。私達には話し合わなければならない事がたくさんありますので……」

「そうだな。自分もキサラギの交渉担当として魔王軍に要求がある。正確には、お前らの城にある謎施設についてだな」

腹黒い二人のそんな言葉に、緊張の色を浮かべたカミュが膝の上で拳を握る。

「その事に関してですが、魔王様からは既に許可を得ております。調べるなりなんなり、好きにしてくれて構わない、と」

……おっ？

「もっと粘られると思ったのですが、随分とアッサリですね……？　我が国としてはそれ以外にも、賠償金や停戦についての話もしたいのですが……」

「それらに関して、魔王様は自らが直接会って交渉したいとの事です。つきましては、決定権のある方に魔王城までお越しいただければ、と……」

やけにトントン拍子で話が進むが、前回リリスが暴れた事で、それほどまでにウチの力を印象付けられたのだろうか？

と、ティリスとアリスが何かを確認するかのように目配せし合う。

「分かった。それじゃあ自分が城に行こう。日程はどうするんだ？」

そんなアリスの言葉に、カミュはホッと息を吐き。

「こちらの都合で申し訳ないのですが、出来れば、このますぐにでも来ていただけると……」

そう言って、深く頭を下げてきた――

4

翌日。

「ハハハハハハハ！　あの兵士共が不安になるような事を言っていたが、やはりティリス様は私に深い信頼を置いてくださっているのだ！」

疾走するバギーの中で、上機嫌のスノウが高笑いを上げていた。

コイツは、俺達が交渉している間になぜか城の兵士達に取り押さえられ、地下牢に入れられていたのだが……。

「いいか六号、今こそ私の情報を活かす時だ。報告書はちゃんと持ってきているな？」

「この、魔王は強欲にして傲慢とか書かれてるヤツだろ？　コレ本当かなあ、報告書の通りの魔王なら、あんなにアッサリ話が通ったりしないと思うんだけど……」

助手席で疑問を口にする俺に、運転していたアリスが日本語で言ってくる。

『魔王が報告書の人物像通りなら、この会見は罠だろうな。ティリスが王国代表としてスノウを派遣したのもそういうこった』

『……魔王城にノコノコ入っていったら袋叩きにされるってか？　おい、それって俺達もヤバいだろ』

というか、今思えばハイネが使者じゃないのも不可解だ。

魔王軍使者のカミュはといえば、バギーの前方を滑空していた。

『その際にはキサラギを嵌めたりしたらどうなるか、商売敵に思い知らせてやれ。そのためにロゼも連れて来たんだ、せいぜい大暴れしてやればいい』

気楽な口調で言ってくれるが、魔王様とやらが怪人級の実力者でもおかしくない。

バギーの後部座席では、無邪気に窓の外を眺めるロゼと眠りこけるグリムがいる。

魔王に用があるロゼは当然だが、グリムは前回置いていったら泣かれたので、今回は寝ている間にバギーに積んだ。

『確かに、悪の組織が舐められるわけにはいかないけどさあ……。コイツらだけで大丈夫か？　一応脱出の手段は考えてあるんだろうな？』

サンルーフから頭を出し高笑いを上げるスノウを見ていると、この面子だけで良かったのかと不安になる。

『まだあくまでも、罠の可能性があるだけだからな。リリス様が暴れて向こうがビビってるのも確かなんだ、交渉の方も、案外アッサリ進むかもしれねえ』

普段は余計な事ばかりするリリスだが、そうなると今回の事はあのポンコツ上司のお手柄になるのか？

『まあ、万が一の時は最終手段として自爆も辞さねえから任せとけ』

『だから、なんでお前は自爆を選択肢に入れるんだよ！』

「貴様らさっきから煩いぞ、母国語での会話は止めろ！　そろそろ魔王城が見えてきた！交渉で私の足を引っ張らないよう気を付けるんだぞ！」

スノウの呼び掛けに目を凝らせば、前方に要塞じみた巨大な城が見えてきた。

グレイス王国の城が古ぼけた砦に見えるほどの近代的な建造物は、旧時代の遺物なのだと一目で分かる。

それからしばらく走り続け、やがて近くまで来てみれば、魔王の城の周辺には城下町といったものが無い。

だだっ広い荒野にドンと佇む魔王の城は、難攻不落の様相を呈していた——

「——た、隊長、門が勝手に開きましたよ！　門の陰に誰か隠れています！　奇襲に気を付けましょう！」

「ふふ、ロゼ、落ち着け。アレは自動ドアって言うんだよ、俺達の国じゃ珍しくもない文明の利器だ。門開け係の人はおそらくいない」

驚くロゼに解説してるとカミュが地上に降りてきた。

ここからは歩いて案内してくれるのだろう。

なら、バギーはここに停めとくか。

グリムは、起こして説明するのも面倒なので、バギーで留守番させとこう。

今回は一応連れて来たんだし、多分泣かれたりはしないはずだ。

と、俺達のバギーをしげしげと眺めていたカミュは、グリム以外の全員が降りたのを確認すると……。

「それでは皆様、こちらへどうぞ。……そして、ようこそ魔王城へ。この城に足を踏み入れたからには、生きて帰れるとは思わない事……」

「本性現しやがったな、おらあああああー！」

俺はカミュが全てを言い終わる前に飛び掛かった——！


「——違うんです、これ、魔王城に来たお客様には必ず言うしきたりなんです！」

俺に取り押さえられたカミュが泣きながら弁解する中、抜き身の魔剣をチラつかせたスノウが身を屈めて言ってきた。

「やってくれたものだな、小娘が。使者である私達に突然の脅迫とは……」

「待ってください、本当に昔からのしきたりなんです、嘘じゃないです信じてください！」

信じようとしないスノウの肩に、俺とアリスが手を置いた。

「やめとけスノウ、ソイツの言ってる事はおそらく本当だ。魔王の城に来た者には、アレを言うのがしきたりなんだよ」

「六号の言う通りだ。商売敵で同業者なんだ、マニュアルぐらい作ってるよな」

理解を示す俺とアリスに、カミュとスノウが目を見開く。

「ええと、魔族の間でも何の意味があるのか分からないしきたりに、まさか人間の方の理解が得られるとは思いませんでした……」

「き、貴様らは本当に、こんなアホなしきたりがあると信じるのか？」

驚きの声を上げる二人だが、悪の組織あるあるなしきたりだ。

もちろんキサラギでも侵入者に対するマニュアルがちゃんとある。

そして俺の隣では、こういったノリに一番理解が深そうなロゼも当然とばかりに頷いていた。

「……なぜだかよく分からんが、私以外の者はみんな納得しているようだ……。今回は見逃すが、もう誤解を招く発言はするんじゃないぞ」

「で、ですが魔王様との謁見前にもしきたりが……すいません、今回は省略します！」

スノウに魔剣で脅されながら、カミュが先頭に立って歩き出す。

魔王城は魔族で溢れかえっているかと思ったのだが、意外にも城の中は閑散としている。

たまに武装したオークとすれ違うぐらいで、その度にロゼが物欲しそうな視線を浴びせて威嚇していた。

魔王の城というぐらいだからもっとおどろおどろしい場所を想像していたのだが、内部は煌々と明かりが灯り、廊下も清潔に保たれている。

やがていくつもの階段を上り、キサラギの幹部といい魔王といい、やっぱ悪の組織のお偉方は高い所に住むんだなと、一人感心していると——

「さあ皆様、こちらへどうぞ。この扉の奥に、魔王バイパー様がおられます」

案内していたカミュが、巨大な扉を前に立ち止まった。

確か魔王の性格は、強欲にして傲慢。

しかしながら魔族を繁栄させる事に関しては真摯らしい。

スノウは魔族領の住民を人質にすれば交渉を有利に運べるとのたまっていたが……。

……あれっ、魔王の名前ってバイパーなんて名前だっけ？

なんか、ミートソースとかそんな感じだったと思うんだけど。

……と、その時、扉の前にいたスノウが後ろに回った。

「よし、先頭は隊長に任せよう。私達のトップとして最初はガツンと頼んだぞ」

「おいふざけんな、こんな時だけ隊長呼びするのは止めろ！　お前ここに来る道中はやる気だったろ、俺だって後ろの方がいい！」

先頭の譲り合いを始めた俺達をよそに、アリスが物怖じもせずに扉を開いた。

薄暗い部屋の中央に、誰かがいるのが見て取れる。

そこには……。

「よくぞここまで来た、愚かで勇敢な人間達よ……。我が前に立った勇気に敬意を表し、せめて眠るように逝かせてあげましょう……！」

聞いていたのとは似ても似つかぬ銀髪の美少女が、顔を赤くしながら宣告してきた――

5

スノウ情報では魔王はおっさんだったはず。

なら、俺達の目の前で耳まで真っ赤にしながらクールを装う、この少女は誰なのだろう。

まあ、とりあえず今はそんな事より。

「すんません、よく聞こえなかったんでもう一度お願い出来ますか」

「えっ……？」

俺がアンコールを要求すると、その言葉は予想外だったのか固まる少女。

「おう、自分ももう一度聞きてえな。今度はちゃんと録音するからぜひ頼む」

「え……。わ、分かりました、ではもう一度……」

「バイパー様、しきたりはやらなくても大丈夫です！　この人達はバイパー様をからかっているだけですから！」

今にも泣き出しそうな赤い顔でアンコールに応えようとしていた真面目そうな少女を、カミュが慌てて制止した。

眠るように逝かせる云々は魔王の挨拶的なものなのだろう、キサラギの幹部達も全員がこんな口上を持っているので理解は出来る。

と、俺達の先頭に立っていたアリスが口を開いた。

「自分は秘密結社キサラギ、交渉担当のアリスさんだ。城の最上階でバイパー様呼びって事は、お前さんが魔王でいいのか？」

……えっ。

「おい待てよ、ひょっとしてこの子が魔王なのか？ ……だよな、やっぱそうだよな！今日日むさ苦しいおっさん魔王なんて流行らないって！ 普通の女の子っぽいけどおっさんよりはよっぽどマシだ！」

「魔王様の御前ですよ、控えてください！」

突然テンションが上がった俺をカミュがグイグイと押しやろうとする。

「グ、グレイス王国の使者の皆様、このような所まで来ていただき感謝します。お初にお目に掛かります、魔王バイパーと申します」

未だ赤い顔ながらバイパーが自らを紹介した。

「……さて。カミュ、今まで長い間本当にありがとう。貴方はここまででいいわ。後の事は任せたわね」

「バ、バイパー様……！　……どうかご自愛ください！」

カミュはなぜか泣きそうな顔でそう言うと、バイパーを何度も振り返りながら部屋から出て行ってしまった。

おかしいな、先に得た情報では、強欲、傲慢な性格だと聞いていたのだが、今のやり取りは何だったのだろう。

後の事は任せたってのも気になるとこだが……。

とはいえ、俺はここに来るまでの道中、アリスから事前に指示されていた通り威圧的に出る事にした。

「まずは初めましてだ魔王様。俺の名は戦闘員六号。気軽に六号さんとでも呼んでくれ。俺達はグレイス王国に雇われた、傭兵団みたいなもんだと思っていい。団体名は秘密結社キサラギだ。お前ら魔王軍と同じく、悪の組織を生業としている同業者だ」

「は、初めまして六号さん。貴方の名は炎のハイネから聞き及んでいます」

そう言いながら、俺の名を聞いてなぜか身を引く魔王様。

何だろう、ハイネのヤツはどこまで俺の悪評を広めたんだろう。

「アイツがどんな説明をしたのか気になるとこだが、こちらの要求は二つ！　一つは、先の全面戦争で俺達の力が理解出来たと思うが、それでもまだ戦いたいのなら受けて立つ。

だが、停戦したいというのであれば賠償金を要求する。そして二つ目は、ここにいるちっこいのと話をしてやって欲しい」

俺は強気な姿勢を崩さないまま、隣のロゼの背中を押した。

「あの、あたしは戦闘キメラのロゼって言います！　今日は魔王様に、あたしの生まれや故郷について尋ねに来ました！」

魔王が相手という事で緊張で上擦った声を上げるロゼに、だがバイパーは優しい微笑を浮かべると、

「ええ、その事も聞いております。貴方と同じ、戦闘キメラのラッセルは元気ですか？」

「はは、はい！　メイドの恰好で毎日楽しそうに家事してます！　口では色々言ってますけど、何だかとっても幸せそうです！」

「メイドの恰好で家事を？　そうですか、彼が幸せならそれに越した事は……。……メイド？　ど、どうして女装を!?」

何やら葛藤を始めたバイパーだが、ラッセルの歪んだ性癖の話はどうでもいい。

「おうおう魔王さんよぉ、ボクっ娘キメラは置いといて、今は腹ペコキメラの話をしようや。この建物にある謎の地下施設がロゼと関係してるんだとよ。まずはそいつを見せてもらおうか！」

「はい、それではご案内いたします。こちらへどうぞ」

バイパーはそう言って、俺達の横をすり抜け外に出る。

……あれっ？

『アリスアリス、本当にアッサリ案内してくれそうなんだけど、これも罠？』

『いや、向こうにとっても謎施設は大事な交渉カードの一つだと思うんだが……』

日本語で相談を始めた俺達に、バイパーが不思議そうに首を傾げる。

とはいえ、せっかく案内してくれるのだからここは大人しく付いて行こう。

——しかしなんというか、目の前を歩くバイパーは、見れば見るほど普通の女の子にしか見えないのだが。

「おいアリス、スノウの情報網は凄いな。確か魔王は強欲で傲慢なおっさんだったか？」

「おう、私の情報網は役に立つって言ってたけど、確かに凄いな」

「あっ!?　ち、違うぞ！　確かに私の情報では壮年の男が魔王だったはずだ！　そもそも名前が違うではないか、魔王の名前はミールミールだ！」

スノウが必死に言い訳するが、既にコイツの情報は無価値になった。

と、先を歩いていたバイパーが足を止めて振り向くと。

「ミールミールは私の父です。その……、先日、私に代替わりいたしまして……」

……？

『なあアリス、こんな時に代替わりっておかしくないか？　それにこの子、どう見ても魔王って柄じゃないだろ』

『……よく分からんな、誰かに詳しい事情を聞ければいいんだが』

そうは言っても俺達が知ってる魔王軍関係者といえば……。

そうだよハイネだ、どうして姿を見せないんだ、アイツから事情を聞けば話が早いと思うんだが。

「魔王さん、ハイネの姿が見えないけど何してるんだ？　ウチへの使者もてっきりアイツがやるとばかり思ってたんだけど」

そんな俺の言葉にバイパーは、どこか困ったような表情を浮かべ。

「……ハイネは現在、地下牢に囚われております。お会いになりますか？」

6

バイパーに案内されて地下に降りると、ロゼが不思議な事を言い出した。

「……あたし、何だかここに見覚えがあるんですが……」

あちこちをキョロキョロ見回していたロゼはそう言って、フラフラとどこかの部屋に入っていく。

「……なあ魔王さん、アイツを自由にさせておいていいのか？」

「別に構いませんよ。ここを調べるのが本来の目的だったのでしょう？」

ロゼの突然の行動が気になるところだが、構わないというのなら放っておくか。

それよりも今はハイネだ、アイツに会って何がどうなっているのかを……。


——と、ふと気配を感じて振り向いた俺は、清潔感のある牢の中で唖然とした顔でこちらを見るハイネと目が合った。


牢の中央で暇そうに体育座りをしていたハイネは、こちらを見たまま固まっている。

俺はハイネを指差すと——

「見ろよ、魔王軍四天王が牢に閉じ込められてやがる！　なんだコレ！　ブハハハハハ、なんだコレ！　なんだコレ!!」

「て、てめえ六号、笑ってんじゃねえ！　アタシがこんな目に遭ってるのは一体誰のせいだと思ってやがる！」

「ハハハハ、いいぞ六号、もっと煽ってやれ！　この女には私の魔剣を溶かされた事があるからな！　おい、そこの牢番、棒切れは無いか？　格子越しに突き回してやる！」

煽り倒す俺とスノウに鉄格子を摑み罵声を浴びせるハイネだが、魔導石とやらを取り上げられているためか今は炎が出せないようだ。

俺はハイネが格子の隙間から手を伸ばしてもギリギリ届かない距離まで近付くと、

「おいおい、何でも人のせいにするのは良くないぞ。アレか、囚人は飯もロクに貰えないもんな、腹減ってイライラしてるんだろ。皆大好きカロリーゼットだ、さあお食べ」

「バ、バカにするな、誰がお前なんかの施しを……。……くっ、この野郎！　寄越すんならとっとと寄越せよ！　てめえ絶対ぶっ殺す！」

《悪行ポイントが加算されます。悪行ポイントが加算されます》

手を伸ばすハイネがカロリーバーをギリギリ摑めない位置でさまよわせていると、ふとバイパーが俺の肩に手を置いてくる。

「ハイネがグレイス王国との長い戦いで数多の兵を討ち取った事で、恨みを買っているのは分かります。ですが、彼女は国の命令に従っただけなので、どうか……」

なぜだかバイパーには、俺が犠牲になった仲間の復讐をしているように映ったらしい。

俺としては、こっちに手が出せない状況なのを良い事に、ここぞとばかりにからかっ

ているだけなのだが……。

「魔王様、その男は単にアタシに嫌がらせをしてるだけです。そんな殊勝なヤツじゃありませんよ」

「……そうなのですか？」

非難めいた視線を送るバイパーに、俺は真面目な顔で首を振る。

「いいや、そこのハイネには散々俺の仲間がやられてね。コレは散っていった仲間達の仇討ちさ。スノウ、その棒切れ貸してくれ。コレは、餌やりを忘れて死んだ金魚の分！コレは、散歩中にリードが切れて旅に出たコロマルの分！　そしてコレは、仲良くなったモケモケを目の前で斬られて食われた分だ！」

「やめろよ、突くな！　待てよ、アタシお前の金魚やモケモケなんて知らねえぞ！　コロマルって誰だよ！」

《悪行ポイントが加算されます。悪行ポイントが加算されます》

ハイネを突き回して満足した俺は、今さらながらに気になっていた事を尋ねてみた。

「で、お前なんでこんな所に入れられてるんだ？」

「そいつは一番初めに聞く事だろ！　アタシは今、国を滅ぼす手引きをした罪に問われてるんだよ！　お前の所の上司が、結界を維持する塔を爆撃したろ⁉　あの塔の一つに、なぜか先代魔王のミールミール様がいたんだよ！」

『どうしようアリス、あのポンコツ上司がやらかしやがった！　魔王の代替わりの原因って俺達のせいじゃねーか！』

…………。

『落ち着け六号、まだ慌てる時間じゃねえ。まずは先代魔王の安否を確かめてからだ』

冷静なアリスの言葉に俺は落ち着きを取り戻す。

そうだよな、何せ相手は魔王なのだ、そう簡単にくたばるとも思えないし……、

「先代魔王である父は、『敵が来る前にしーるどしすてむのめんてなんすに行ってくる』と言い残し、塔の一つに向かいました。しばらくすると、突然塔が爆発したのでそちらに向かうと、爆心地に父の亡骸が――」

『アウトだこれ！　俺達、この子の親の仇だ！』

『落ち着け六号、ここは悪びれず逆ギレだ。ハイネだ、ハイネのせいにするんだ。塔に誰もいないかどうか、ちゃんとハイネに尋ねたんだからな』

アリスの提案に従って、俺はハイネに食ってかかる。

「おいハイネ、この野郎！　お前、塔の傍には誰もいないって言ったじゃねーか！」

「言ったけど！　だって塔の傍は魔王様以外立ち入り禁止になってるから、普段は誰も近

付いたりしないんだよ！　ミールミール様の言う『めんてなんす』って儀式も、年に一度ぐらいしかやらないんだ！　それがまさか、よりにもよって……！」

ちくしょう、あの上司は役に立ったと思ったらとんでもない土産を置いてきやがった。

魔王も雨の日に田んぼの様子見に行くみたいに、そんな所に出てくんじゃねえ。

「……あっ、ちょっと待て！　それじゃあロゼは？　魔王がキメラや謎施設に詳しいって言うから停戦したんだぞ！　これじゃ、俺達がここに来た意味ねえじゃん！」

「そ、そんな事言われても！　キメラに詳しいミールミール様をやっちまったのはそっちなんだし、こ、ここは痛み分けって事で一つ……」

コイツ、いい度胸してやがる。

しかし、ハイネが牢に入れられている理由は分かった。

「……そうするとお前の処分はどうなるんだ？　だってお前、魔王殺しに加担したじゃん。俺達はまだ敵だからむしろ戦果みたいなもんだけど、お前のやった事は裏切りだろ？」

「えっ⁉　い、いや、だって……」

そう、コイツが塔の傍には誰もいないと言ったから爆撃作戦を実行したのだ。

なら大本の原因はコイツだろう。

と、それを聞いていたバイパーがハイネに申し訳なさそうな顔で告げてくる。

「本来であれば処刑は免れないところですが、ハイネは長らく魔王軍四天王として活躍してきましたし、運が良ければ隷属刑になるかと……」

「しょ、処刑か隷属刑……。そ、そんなぁ……」

ハイネの悲痛な反応からすると、隷属刑とやらは相当なものなのだろう。

そういえば、ロゼに関する情報が失われたとしても、まだ俺達の要求は終わっていない。

コイツとは何だかんだで結構な付き合いなのだ、ここは助け船を出してやるか……。

「おいアリス、ロゼの出生を聞くって条件の他にもう一つ、コイツらに要求する事があったよな？」

「停戦するなら賠償金を寄越せって話か。……そうだな、お前の好きにしたらいいよ」

アリスに確認してみると、俺の考えを察したようだ。

「魔王さん魔王さん、ハイネをこっちに渡してくれよ。そしたら賠償金を安くするから」

「ちょっ⁉」

その提案を聞いたハイネは驚きの声を上げている。

まさか、敵である俺に助けられるとは思わなかったのだろう。

昨日の敵は今日の友、それに、これほどまでに立派なおっぱいを見捨てはしない。

アリスは、そんなハイネを品定めするかのように観察するとふんふんと頷きながら。

「六号の要求を通してくれ。隷属刑が何かは知らねえが、そっちで要らねえならウチにくれ。安月給でこき使ってやる」

「それが隷属刑だよ！　待ってください魔王様、アタシはまだやれますから！」

せっかく助けてやろうというのに、なぜかハイネが涙目になる。

バイパーは顎に手を当て考え込むと――

「……分かりました。ハイネはお譲りいたしましょう」

「魔王様あああああああ！」

格子を掴んで泣き叫ぶハイネに向けて、スノウが指を差して笑い出す。

「ハハハハハハ、いいザマだな炎のハイネ！　四天王の地位にまで上り詰めたのに奴隷に転落する姿は、今までの鬱憤を晴らしてもまだ余りある！　しかもこの六号の奴隷だ、さぞかし悲惨な目に遭わされるだろうな！」

コイツなんて事言ってくれんだ。

「俺が酷い事するみたいな言い方は止めろ、このままだとハイネは処刑、もしくは元部下達にエロい目に遭わされるところだったんだぞ！　むしろ助けてくれてありがとうって感謝されるところだろ！」

「いえ、隷属刑に処された者は国の所有物扱いになりますので、むしろそちらの方に関しては安全なはずなのですが……」

　バイパーのそんなツッコミに、ハイネが大きく頷きながら近くの牢番に視線を向けた。

「そうだよ、助けたつもりなのかもしれないけど、余計なお世話なんだよ！　大体アタシは部下に慕われてるんだから、エロい事なんてされやしねーよ！　な、そこのお前、そうだよな！」

　突然問われたオークの牢番は一瞬だけ戸惑うと、

「えっ？　ええ、そ、そうっスね？　…………あの、風呂で背中流してもらうとかはエロい事に入りますか？　いえ！　もちろん裸でやれって言うんじゃないっスよ!?　まっ裸なのは俺だけで……」

「お、お前……」

　ハイネが軽く引いていると、ふとバイパーが頭を下げた。

「六号さん、どうかハイネをよろしくお願いします。彼女はとても優秀です。きっと、これからのグレイス王国にとって役立ってくれる事でしょう」

「魔王様!?　ア、アタシとしてはこの国で隷属刑になる方が有り難いんですが！」

　半泣きになるハイネに、バイパーが寂しげな苦笑を浮かべてごめんねと小さく呟く。

「〝運が良ければ〟隷属刑と言ったのよ。軍事裁判に掛けられたら、むしろ処刑判決が下される確率の方が高いわ。もちろん貴方一人を犠牲にするわけじゃありません。私も六号さんの下に行きます」

「魔王様⁉」

バイパーの衝撃発言に、ハイネは牢の格子をガッと握ると、

「何を考えているんですか魔王様！　バカなマネはお止めください、この男の危険性と悪辣さについて、あれほど教えたはずですよ！」

おっ、本人を目の前にして本当に良い度胸だなこの野郎。

でも、魔王が自らやって来るってどういう事だろう。

「あれほど教えて貰ったからですよ。魔王である私がそのような方の下に送られれば、戦争被害に遭われた方々は多少は溜飲が下がるでしょう」

俺の下に送られるのを刑罰みたいに言われると、さすがにちょっと傷付くんですが。

「おいお前ら、さっきから面白い事言ってくれるな。そんな風に言われると、期待に応えないわけにはいかねえなあ……」

「あっ！　ち、違う、あんたは根っこの部分は良いヤツだって思ってるよ！　アタシを処刑から助けようとはしてくれたしな！　感謝してるよ、ほ、本当だよ！」

ハイネはようやく状況を理解したみたいだがもう遅い。

せいぜい悪行ポイントの供給源に……！

「ええ、私の事は好きになさっていただいて構いません」

「魔王様ー！」

思い切りのいいバイパーの言葉にハイネが思わず悲鳴を上げた。

「……えっとつまり、停戦を受け入れるって事だよな？　それで停戦期間中は、あんた自らが人質としてこっちに来る、って事でいいんだよな？」

いや、さすがの俺も人質に酷い事する気はないよ？

むしろ、こうも堂々と言われるとかえってやり辛いというか……。

「いいえ、停戦の受け入れではありません」

……んっ？

「魔王軍にはもう、これ以上戦う力は残っていません。先代魔王や四天王の大半を失った今、これ以上戦争が継続されれば魔族は緩やかに滅びるでしょう。魔王軍はここに、グレイス王国とキサラギに対して全面降伏を行います。そして……」

バイパーは一息にそう言うと、ほんの少しだけ言い淀み、やがて……、

「そして全てが終わったなら、グレイス王国にて私を処刑していただければと思います」

覚悟を決めた目で、魔王を思わせる威厳と共に宣言した。

【中間報告】


前略、最高幹部の皆様へ。

そちらに送り返したリリス様は、こないだモニター越しに見た時は簀巻きにされていましたが、現在はどんな感じでしょうか。

こちらの状況を報告します。

なんか魔王が死んでました。

どうやらリリス様が行った爆撃作戦に巻き込まれていたみたいです。

おかげで新入り戦闘員のロゼの出生の秘密も迷宮入りです。

相手側の幹部の一人、炎のハイネがその責任を取らされて奴隷落ちしました。

本来なら伝説の勇者とかが冒険の末に倒す魔王が、リリス様が鼻ほじりながら落とした爆弾のおかげでモブみたいな扱いです。

リリス様のおかげで事態がややこしくなったので、キツい制裁しといてください。

そんな訳で、地球に帰れるのはもう少し先になりそうです。

——追伸、リリス様のおかげでまた女性が増えた事だけは感謝してます。

報告者　戦闘員六号

二章

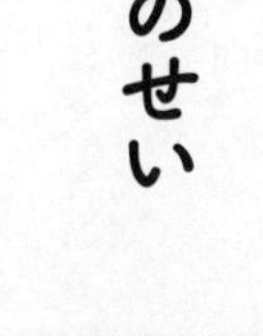

いつも大体上司のせい

1

魔王の城からアジトに戻った、その翌日。

俺は暇そうにしていたハイネと共に、街の建設予定地へやって来ていた。

「……なんていうか、お前らってメチャクチャだよな……」

土木工事や建設に勤しむ戦闘員達の姿を見て、先ほどからハイネが引いている。

軽くて丈夫で焼えない上に、素人でも組み上げられる特殊建材のおかげで次々に建物が完成していく。

様々な建設機械にも驚いていたが、無数の重機が建材を運んでいくのを見た時は、ハイネはポカンと口を開けて固まっていた。

そんなハイネの反応に、作業中の戦闘員達がなぜか皆ドヤ顔をしている。

うん分かるよ、俺もこういうのが見たかったのだ。

地球の現代科学で未開な星の商売敵を相手に無双する。

本来であれば、悪行ポイントを使って俺がやりたかった事がそれなのだ。

悪の組織の戦闘員らしく戦闘で大暴れする予定だったが、現代重機でチート建設もアリといえばアリだろう。

「これが俺達の真の実力ってヤツさ。お前は運が良かったよ、何せ俺が本気を出す前に戦争が終結したからな……」

しみじみと呟く俺に向け、ハイネがえっ、と声を上げる。

「最初アタシと会った時、あんた結構苦戦して……」

「よし、次は居住区を案内してやろう。お前は本当に運が良いぞ、ここのトップである俺直々の案内だからな。俺に媚び売っといて損はないぞ」

ツッコミをスルーする俺に、ハイネは不審の目を向けながら、

「な、なあ、ここのトップがアタシなんかに構ってても良いのか？　あんた、忙しいんじ

ゃないのか？　アタシとしては他の人が案内でも……」

「バカッ、あそこにいるオス共のいやらしい視線を見ろ、今のお前は奴隷ちゃんみたいなものなんだぞ！　ここで一番強くて一番偉い俺が傍にいるから絡まれないんだ、そこら辺をちゃんと理解しとけ！」

　俺達の会話が聞こえたのか、なぜか作業中の戦闘員達がお前が言うのかという視線を向けてくる。

「てめー六号、新入りに好き勝手吹き込んでんじゃねーぞ！」

「お前は重機の扱いが下手くそだから案内係に回されたんだろ！　大体ここのトップはアリスだし、一番強いのはトラ男さんだろ！」

「戦うしか能の無いアホが、生意気言ってんじゃねえぞコラ！」

　口の悪い戦闘員達は、わざわざ作業を中断し俺に罵声を浴びせ掛けてきた。

「うるせーぞ、名前の番号が二桁台のクソ雑魚共が、俺が一番先輩なんだから敬えや！　大体、頭の出来はお前らも俺と変わらねえだろうがバーカ！」

　すかさず言い返した俺の言葉に下っ端共の顔色が変わる。

　そして――

「おい、このバカをフクロにしてやれ！　女の部下ばっか集めやがって、ハーレム気取りかテメーは！　殺すぞ！」

「お前はアスタロト様とイチャイチャしてれば良いんだよ！　とっとと地球に帰って幹部連中の機嫌取っとけや！」

「ちょっと長いからって先輩風吹かすな能無しが！」

重機から飛び降り、顔を真っ赤にして襲い掛かってくる嫉妬に駆られた下っ端達。

俺は拳を握り締め、上司であり先輩である事の威厳を示すべく——！

「上等だ、この雑魚共が！　前歯飛ばしてやるから掛かって来いや！」

「やめなよ、あんた達って仲間じゃないのか⁉　何でこんな一瞬で喧嘩になるんだよ、魔族より血の気が多いっておかしいだろ！」


——下っ端戦闘員達にどっちが上かを知らしめた俺は、ハイネを連れて居住区へとやって来ていた。

「なああんた、本当に大丈夫なのか？　かなりボコボコにされてたけど……」

「なーに、あの程度なら俺達の間では日常茶飯事さ。あと、ボコボコにされたって言い方は俺が負けたみたいに聞こえるからよせ」

改造人間の治癒能力ならこの程度はすぐ治る、よってあいつらの攻撃なんて効いてないから負けてない。

だがハイネはその言葉にビックリした顔で俺を見る。

「袋叩きにされて謝ってたし、どう見てもあんたの負けじゃあ……」

「あれは降伏したフリをしただけで、戦略的撤退ってヤツだ。後で連中が一人でいるところを闇討ちしてやれば結果的には俺の勝ちだ」

知性溢れる作戦に、なぜかハイネが引いている。

俺は複雑な表情を浮かべるハイネを連れて、居住区に建てられた宿舎のドアを開け――

「ほら、ここがお前が住むところ……って、あれ？　魔王じゃないか」

宿舎の一階、ロビーの隅で、書類の山に埋もれるバイパーに出くわした。

２

――魔王城の地下施設。

バイパーの処刑していただければという発言に、牢の中のハイネが顔を伏せた。

「ええ……。この子いきなり何言ってんの？　いや、今のあんたは一応魔王で偉い人なんだろ？　その人がいなくなったら魔族が路頭に迷うじゃん」

自殺願望でもあるのかと引きながらの俺の言葉に、バイパーは自棄になったわけではないとばかりに、穏やかな表情を浮かべて言った。

「それについては私の侍女であるカミュに、魔族を連れて同盟国のトリスへ向かうように命じてあります。かの国とはそういった取り決めがありましたので……。……ですが、トリスに万が一受け入れを断られた際に、お願いしたい事があるのです」

施政者の顔になったバイパーはこちらを真っ直ぐ見詰めると。

「物見の情報によれば、貴方達は魔の大森林を切り開きそこに街を作っているとか。労働力は要りませんか？　虫の良い話ですが、魔族領ではもう作物も育ちませんし、水もありません。最低限の安全さえ保障して貰えれば、彼らは喜んで開拓してくれるでしょう」

俺とアリスは思いがけないその言葉に思わず顔を見合わせる。

『どうするアリス、魔族領の住民をくれるってよ。でもこの星を侵略して開拓する理由って、元々は地球人をここに移すためだろ？』

『本格的に人類をこっちに移すのは、もっと調査が進んだ後だからなあ。この星のウイルスもまだ調べ尽くしてねえからな。大量に移民させて未知の病気で全滅しましたなんて、笑い話にもならねえ。……ただ、自分達は魔王軍にとっちゃ一番の宿敵のはずだ。先代魔王までやっちまったのに、どうしてウチに来たがるのかだけ引っ掛かるな』

バイパーも、何度も日本語を聞くうちに俺達が独自の言語で会話している事に気付いたのだろう。

不安の色は一切出さず、真剣な表情で俺達の相談が終わるのを待っていた。

「魔王さんに聞きたいんだけど、なんでグレイス王国じゃなくてウチなんだ？　ほら、俺達って先代魔王をアレしちゃっただろ？　それに悪の組織だし、良いのかなって……」

「父については仕方の無い事だと思っています。何せこちらから侵略戦争を仕掛けたのですから文句などありません。そして、六号さんの所で受け入れて欲しいという、その理由ですが……。そちらでは、獣人でもかなり上の立場で迎え入れられているとか。グレイス王国ではオークは家畜扱いですので、それなら六号さんの所でお願い出来ればと……」

獣人ってなんだ、キメラのロゼの事じゃないよな？

……って、ああっ、獣人ってトラ男の事か！

まあ確かに見てくれは人より魔族サイドに近いかもしれないけど、あの人は改造手術を受けた怪人だから獣人じゃないのだが。

「……どうするアリス、俺は受け入れても構わないと思うんだけど」

何せ魔族にはサキュバスやヴァンパイアを始め、魅力的な種族がいると聞く。

俺、昔ハイネが言った事を覚えてるもん。

昔、俺を魔王軍に引き込もうとした時、俺に言った事を忘れてないもん。

「自分としても構わねえぞ。今は人手が足りねえからな。元々はこっちに有利な条件で停戦交渉に来たわけだが、全面降伏ならそっちの方が都合がいい。となると、後はグレイス王国への賠償金の話になるが……」

バイパーは俺とアリスの言葉にどこかホッとした表情を浮かべると、

「この城にあるのは残り僅かな宝物と、この謎の施設のみです。これだけでは賠償としては足りないでしょう。代わりと言っては何ですが、現魔王である私の首と体を差し出します」

首はともかく、体って事は……。

いや違うそうじゃない、今はそっちは重要じゃない。

「先ほども言いましたが、私が見せしめになる事で被害者の方々も多少は溜飲が下がるでしょう。もちろん、それでも足りないのは理解しています。後は、枯れ果てた土地ではありますが、魔族領も全て差し出します。なので、どうか民だけでも救ってはいただけませんか……？」

死も辞さないといった覚悟の顔で、こちらを真っ直ぐ見詰めて言った。

どうしよう、コレはガチの表情だ。

普段おちゃらけたヤツばかり相手にしていたせいで、久しぶりのガチ勢登場に引いてしまう。

現にスノウはバイパーの雰囲気に押されて黙ったままだ。

ロゼはといえば……、クソ、あいつホイホイ入ってった部屋で何を考えてるのか昼寝してやがる！

なんで敵地で寝てるんだよ、なんだよこの状況、マジで意味分かんねえよ！

と、俺がパニクっていたその時だった。

牢の中のハイネが、バイパーを庇うように声を張る。

「分かったよ！　それじゃ足りないってんなら、アタシの体も好きにすればいいさ！　だから……」

「よく言った！　何度も戦ったせいなのか、なんかハイネが相手だとあんまり罪悪感が湧かないんだよな」

威勢のいい啖呵を切るハイネに即答すると、さあっと顔が青くなる。

「ま、待てよ六号、アタシとあんたの仲じゃないか……。ほら、魔王軍四天王の一人としてさ、一応こう言っとかないと恰好が付かないって言うか……」

……と、その時、アリスがうんうんと頷き口を開く。

「さすがは同業者の親玉だ。自爆は悪のロマンだからな、よく言った」

お前はなんで今の話で感心するんだ、後、自爆とはちょっと違うだろうが。

アリスはどこか満足そうな、そして機嫌の良さそうな口ぶりで。

「とりあえず、お前さんの処遇をどうするかはアジトに帰ってから考えるか。お前さんとハイネの身柄は一時預かりって事にしておこう。グレイス王国との交渉は任せとけ。ウチに移住するのなら、住民の命の保障だけは絶対に勝ち取ってやる」

自信に満ちたアリスの返事を聞いて、バイパーがホッと息を吐く。

その表情は、背負っていた重荷を降ろせたような、心から安心しきった顔だった。

アリスはそんなバイパーの反応を興味深そうにしばらく眺め。

「……そして、ようこそ秘密結社キサラギへ。短い間の滞在になるかもしれんが、せいぜい楽しんでいってくれ。ウチは魔王みたいな悪いヤツは大歓迎だぞ」

そう言って、楽しげに笑いかけた——

3

昨日はそんなやり取りがあった後、バイパーとハイネを連れてバギーに戻ると、鍵の開け方が分からなかったらしいグリムが泣きながら窓を叩いていた。

グリムから、目が覚めたら知らない所でビックリしただの、何で女が増えてるんだ、だの、散々文句を言われながらアジトに帰ったわけなのだが――


「――よう魔王、朝から一体何やってるんだ？」

ハイネを連れた俺が声を掛けると、書類とにらめっこをしていたバイパーが顔を上げた。

「おはようございます六号さん。アリスさんに、私の処遇が決まるまで何かやる事は無いかと尋ねたら、この仕事を任されまして……」

……つまり、何もする事がないから自主的に仕事を探したのか？

バイパーの処遇をどうするか、現在グレイス王国と協議中だ。

王国側としては、既に亡くなった先代魔王が全ての原因なので水に流してくださいでは済まされない。

最悪バイパーの命を要求されるかもしれないのだから、そんな状況で働かずともいいのではと思うのだが、根が真面目なのだろうか。

俺はどんな仕事かと書類を覗くも、この星の言語で書かれているので分からない。

「……これ何の仕事？」

「はい、建設予定地への資材の割り振りや人員配置、及び日程表と……」

俺はそれ以上言う必要はないとばかりに手を突き出し、バイパーの言葉を遮ると。

「なるほど、理解した。何か分からない事があったら、すぐに誰かに聞くんだぞ？」

先輩風を吹かしながらそう言うと、バイパーは書類を手に取った。

「あっ……。それなら、この案件なのですが……」

「すまんな魔王、俺は今ちょっとばかり忙しい。他の誰かに聞いてくれ」

「こ、こいつ……」

……と、ハイネから呆れ気味の視線を浴びる俺に、書類を戻したバイパーがおずおずと。

「あの……六号さん、グレイス王国に降伏した以上私はもう魔王ではありませんので、出来れば名前で呼んでいただけると……」

そう言ってこちらを見上げるバイパーだが、隣からのハイネの視線が凄く気になる。

「分かってるよな、アタシの主で元魔王様だ、呼び捨ては絶対やめろよ……」

小さな声でブツブツと呟くハイネだが、呼び捨てがダメだとなると……。

「じゃあバイパーちゃんで」

「お前ぶっ飛ばすぞ」

真顔でツッコむハイネの言葉に、当の本人は構わないとばかりに小さく笑う。

「バイパー様、虜囚の身とはいえ怒る時は怒っていいんですよ？　でないとこいつは調子に乗ります」

「いえ、どのように呼ばれても構いません。それよりも、ハイネは何か仕事は貰った？」

短気なハイネとは対照的に穏やかな表情を見せるバイパーちゃん。

「バイパーちゃん、コイツさあ。アリスが色々やらせてみたんだけど、戦う以外に能が無くてさあ……」

「お、おまっ……！　戦うしか能が無いのはお前だって同じだろうが！　ち、違いますバイパー様、建設作業を手伝おうにも、ここの工具は変わっていてですね……！」

と、ハイネが必死に言い訳を並べていた、その時だった。

キイ……キイ……という車椅子の音が鳴る。

やがて宿舎のドアが僅かに開くと、その隙間からこちらを覗う澱んだ視線が……。

——ホラーかよ。

「おいグリム、怖いから中に入ってくんない？　じゃないと隙間から塩投げるぞ」

眼中に塩を投げられるのはさすがに嫌なのか、慌てたようにドアが開き、ふて腐れた顔のグリムが現れた。

「……元は敵だった女や昨日会ったばかりの女だっていうのに、随分と楽しそうね。まったく、隊長は女が相手だと甘いんだから……！」

面倒臭い事を言い出したグリムは、車椅子をこぎながらハイネの傍に近付くと、不敵な笑みを浮かべて見せた。

「久しぶりね、魔王軍四天王炎のハイネ。まさか、敵だったあなたが隊長の愛人枠に収まるなんてね……」

「ちょっと待ちな、今聞き捨てならない事を言ったね！」

コメカミに血管を浮かべるハイネに、グリムはちょっと怖じ気づいたのか後ろに下がる。

……が、ハイネが魔導石を持たない事に気が付くと、強気な態度に打って出た。

「何よ、本来の力が出せないアンタなんか怖くないわよ!?　私がばぎーの中に封印されてる間に隊長を誑かすだなんて、とんだ泥棒猫ね！」

「泥棒猫なんてセリフを本当に言うヤツを初めて見たよ！　アタシは別に誑かしてなんかいないよ、無理矢理隷属させられたんだ！」

本妻と浮気相手の喧嘩みたいな事を始めた二人をよそに、俺はバイパーに呼び掛ける。

「バイパーちゃんバイパーちゃん、ここは二人がうるさいから外に遊びに行くとしようぜ」

「え……。で、でも、書類仕事がたくさんあるので……」

本来であれば処遇が決まるまでは何もしなくていいはずなのだが、根が律儀な気質なのか、バイパーは仕事を気にして渋っている。

「お待ち！　隊長、今のは何よ、バイパーちゃんって聞こえたわよ！　いつの間にそんな風に呼ぶ仲になったのよ！」

「それに関しては呪い女の言う通りだ！　バイパー様にちゃん付けは止めろ！」

バイパーがその言葉に苦笑を浮かべる中、グリムは頰を膨らませ、

「私の方が付き合いは長いんだから、私の事もグリムちゃんって呼びなさいよ！」

「……いくら何でも無理言うなよ、それは年齢的にキツいだろ」

人形を取り出して呪いの体勢を取るグリムに対し、俺はハイネを盾にする。

「止めろよ、痴話喧嘩なら外でやりなよ、なんでアタシを巻き込むんだよ！」

逃れようとするハイネを羽交い締めにしていると、グリムがいよいよ激怒した。

「私の目の前で何イチャイチャしてるのよ、この泥棒猫！」

「なんでこれがイチャイチャしてるように見えるんだよ、頭がどうかしてるのか！」

と、その時。

「あの、グリムさん……とおっしゃいましたか？　ハイネがもうしわけありません。呪いなら、どうか私に。彼女の分まで全て私が引き受けます」

「えっ」

自己犠牲ガチ勢のバイパーが、ハイネを庇って前に出た。

驚きの声を上げるグリムに向けて、バイパーは深々と頭を下げる。

「言わなくとも分かっています。数多くのグレイス兵を葬ってきたハイネに思うところがあって、先ほどから突っかかっているのでしょう？　亡くなった方々の無念は、どうか私で晴らしてください」

「バイパー様、この呪い女は多分そんな事まで考えていませんよ。もっとくだらない理由です」

真面目な顔で告げてくるバイパーに、逆にグリムが戸惑いを見せた。

「隊長、この子は魔王じゃないの？　何だか私の方が悪者みたいな気がしてきたわ」

「今この場には、一方的に絡むお前以外悪者はいないと思うぞ」

俺のツッコミに一瞬動揺したグリムはバイパーに優しく笑いかける。

「本当は戦場で散っていった仲間のために、一矢報いてやろうとここに来たんだけど、もういいわ。訓練場の真ん中で寝ている私にいつも、熱い視線を送っていた気がしたランキス……。こんな所で寝てると訓練の邪魔ですと言って優しく車椅子を押してくれた、私に気があるとしか思えなかったオッズ……。私が落としたハンカチをウッカリ踏ん付け、この出会いの切っ掛けは絶対逃さないとばかりに、洗って返すので呪わないでくださいと泣きながら頼んできた、ジェッド……。ふふ、私といい関係になりそうだった男達は、皆先に逝ってしまったわ……」

「ほ、本当にもうしわけ……」

「お前、男と目が合っただけであの人は私に惚れてるとか騒ぐの、迷惑だから止めろよな。隣を歩く俺が恥ずかしいんだぞ」

グリムの独白を聞いて、頭を下げようとするバイパーを遮る俺に、ハイネが言った。

「なあ、お前の隊の連中は全員こんなのばっかなのか？　結構真面目に戦ってたんだけど、お前をライバル視してたアタシはなんだったんだよ……」

お、俺達だって一応真面目に戦ってるから……！

——時刻が朝の十時を回った頃。

夕方まで寝ると言って自宅に帰ったグリムを見送った後、ハイネと共にバイパーの仕事ぶりを監督してると、書類を抱えたアリスがやって来た。

「……バイパーに追加の仕事を持ってきたんだが、お前らはこんな所で何やってんだ？」

俺とハイネの姿を見てアリスが疑問を口にする。

「このアジトのトップの者としてバイパーちゃんの仕事ぶりを見てたんだよ」

「アタシは六号がバイパー様に変な事しないか見張ってたんだよ」

「つまり仕事の邪魔してたのか。お前らと違ってバイパーは出来るヤツなんだ。リリス様が忘れていったゲーム機やるから、六号はあっちで遊んでろ」

俺はアリスが差し出してきた携帯ゲーム機を受け取ると、ソファーの上に横になる。

「ハッ、年下の子供に怒られてやがる！　これに懲りたらもう邪魔はするんじゃないよ。あんたやアタシと違って、バイパー様は魔王としての英才教育を受けてるんだ。だから、街の施政者としての実力も十分に備えているのさ！」

なぜか自分の事のように胸を張るハイネに向けて、アリスが言った。

「何を他人事みたいに言ってやがる、お前も仕事の邪魔になってるんだよ。ほら、自分と一緒に来てもらうぞ。就職先が決まったからな」

「えっ⁉　ま、待ってくれよ、アタシはバイパー様と一緒が良いんだけど……！　ていうか、この男と二人きりにするのはマズいだろ！」

俺とバイパーを交互に見ながらハイネが失礼な事を言ってくる。

「俺はこれでも紳士だからな。本当に嫌がる相手には、ちゃんと寸止めする理性はあるぞ」

「そもそも何もするなっつってんだよ！　なあアリス、アタシの仕事ってなんなんだ!?　バイパー様の手伝いじゃダメなのか!?」

この場を離れる事に抵抗があるのか、ハイネがしつこく食い下がる。

「なーに、安心しろ。アットホームな職場でやりがいのある、お前の特性を活かした大事な仕事だ」

「アタシの特性って何だよ！　アレだろ、エロい事させようってんだろ、六号がいつもアタシにするみたいに！　なあ、アタシはお前らに会う度にそういう目に遭わされる役どころなのか!?」

泣き喚くハイネの言葉に、アイツがどこに配属されるのかが気になってくる。

「そっちの仕事が良けりゃあそれでもいいが。でもウチの戦闘員共は、女が本気で嫌がると手を出せねえヘタレだからな。まあウチでは、セクハラ程度ならともかく、強姦は制裁対象になるからな。それでも構わねえっていう根性入ったヤツはいないはずだ」

「ほ、本当か？　本当だな？　本当に信じてもいいんだな？」

その言葉に希望を得たのか、ハイネが何度も問いかける。

アリスの事だ、ハイネにエロい仕事をさせるより、効率の良い使い道があるのだろう。

騒がしいのがアリスに連れて行かれた事で、宿舎のロビーにはバイパーが書類を捲り、ペンを走らせる音だけが響き始める。

俺は仕事の邪魔をしないよう、貰ったゲーム機を起動させると――

「――違います、その通路は既に探索し、行き止まりだったはずです！　あっあっ、後ろから魔獣が追ってきています！」

「だってもうこの通路以外に道ねーじゃん！　ここに来る途中、どこかに仕掛けとかあったっけ!?　クソッ、魔獣が邪魔ぁ！」

リリスが遊んでいたゲームは中々に難易度が高く、何度も死にまくったためにバイパーに協力を要請したのだが……。

「六号さん、今一瞬だけたいまつの横に赤いボタンがあるのが見えましたよ！」

俺の隣で小さな画面を覗き込みながら、バイパーがたいまつを指差してくる。

「あっ！　ホントだ、やるじゃんバイパーちゃん！　……バッ……！　おい死んだぞ、コレ落とし穴のスイッチだ！　バイパーちゃんさあ！　バイパーちゃんさあ!!」

「すす、すいません、ごめんなさい！　今のは私の失態です、責任を取らせていただきます！」

たかがゲームで死んだぐらいで覚悟の顔を決めるバイパーちゃん。

「何言ってんだよバイパーちゃん、俺とバイパーちゃんはここまでやってきた戦友だろ？　こんなミスの一つぐらいで責任取れなんて言わないさ……！」

「六号さん……。そうですね、今はここを通過する事だけを考えましょう！」

そうこう言う間に残機が減って、再びリポップした主人公。

俺とバイパーは今度こそ、この難所を越えようと……！

「……なあお前ら、楽しそうにしてるところを悪いんだが、キリのいいとこまでいったなら仕事の事も考えてくれよ」

それはいつになく呆れたようなアリスの声。

いつの間に入ってきたのか、新しい書類を抱えたアンドロイドがそこにいた。

「………………ッッ！」

「バイパーちゃん、顔を隠しても無かった事には出来ないよバイパーちゃん。もう諦めてここをクリアしようぜバイパーちゃん」

いつの間にかゲームに没頭していた自分を恥じたのか、顔を真っ赤にしたバイパーが両手で顔を覆っている。

もう少しでここをクリア出来そうなのだが、バイパーはすっかりポンコツと化してしまい役に立たない。

仕方ない、ここは自力で突破して――！

4

ハイネとバイパーがアジトに来てから数日が経った。

書類処理能力がよほど高かったからなのか、アリスから専用の執務室を与えられたバイパーは、今日も仕事に励んでいる。

「バイパーちゃん、謎解きが出てきたんだけどさ。上は大火事、下は洪水、汝、その者の正体を述べよってヤツなんだけど、何だか分かる？」

そして俺はといえば、だらしなくソファーに寝転んで、ゲーム内で出された謎かけで詰まっていた。

当初は自力で突破しようとしたのだが、人間出来ないものは出来ないと早々に諦める事も肝心だ。

カリカリと書類にペンを走らせていたバイパーは、ふと顔を上げ。

「遥か西の島国に棲むという、業炎海獣パルパルヒュドラではないでしょうか。燃え盛るトサカを持つ巨大魔獣なのですが、体の熱を冷やすため、常に下半身を海に沈めているそうですよ」

「バイパーちゃんは物知りだなあ」

俺はゲーム画面の文字入力欄に、業炎海獣パルパルヒュドラと書き込んだ。

『答えを間違えた愚か者には天罰を！』

ゲーム画面からはそんな言葉と共に、俺が操る主人公に大量の魔獣が襲い掛かる。

「バイパーちゃん！　バイパーちゃん!!」

「すいません！　違いましたか、ごめんなさい！　なら、残るは灼氷合神マグマリオンでしょう。灼熱のマグマを意のままに操り、全てを凍らせる氷結の息を吐きつけると言われている、とある部族で崇められている亜神です」

言われるままに入力すると、画面が魔獣で覆われた。

『何度も間違える愚か者め、立ち去るがいい！』

「これも違うよバイパーちゃん！」

主人公が魔獣の餌になり、ゲームオーバーの画面に切り替わる。

「すいません、ごめんなさい、ごめんなさい！　この責任は体で払いますので……！」

「簡単に体を差し出そうとするのはやめようバイパーちゃん、俺だって男の子だし色々クルから！」

と、その時だった。

執務室のドアがノックされ、やがてロゼが顔を出す。

「隊長、いますかー？　アリスさんから、隊長がバイパーさんの仕事を邪魔していたら、お前が遊び相手になってやれって言われて来ました」

「おっ？　別に邪魔はしてないぞ、ゲーム中たまに出てくる謎解きで、ちょっと手伝って貰っているだけだ」

「それは十分邪魔になってると思います」

俺が寝転がるソファーの隙間にロゼはポンと飛び乗ると、執務室に備蓄されているスナック菓子をボリボリと貪りだした。

アリスの思惑通りにいかず、穀潰しが二人に増えた瞬間である。

「お前、一応俺の遊び相手として来たんだろ？　それが菓子食っててていいのかよ」

「なぜだかよく分かりませんが、あたしバイパーさんの部屋にいると、何だか落ち着くんですよね。リラックス出来るっていうか、安心して眠くなるっていうか」

仕事を放って菓子を貪る理由になってないが、そういえばコイツは魔王城でも眠っていたな。

聞けばロゼが寝ていたあの部屋は、先代魔王が研究で入り浸っていたのだという。

ひょっとしたらコイツは、魔王の血脈を持つ魔族と何らかの関係があるのかも……。

「何ですか隊長、あたしの顔をジッと見て。このお菓子ならあげませんよ？　アリスさんから貰えるのは、一日一袋って決められてますから」

やっぱこんなポンコツキメラが魔王と関係してるとか思えんわ。

「大して欲しくもなかったけど、そういう反応されると取り上げたくなるな。オラッ、その菓子寄越せ！　抵抗するなら痛い目見るぞ！」

「何ですか、やりますか？　食べ物の事に関しては絶対に譲りませんよ。最近は森でモケモケばかり食べてるせいか、あたしのチョキは岩をも砕く勢いです」

ロゼはスナック菓子を大切そうにソファーに置くと、人差し指と中指をパクパクしながら威嚇してくる。

ここ最近戦闘らしい戦闘をしてないせいか、この新入りに舐められ始めているようだ。

「いいだろう、お前とは砂漠で遣り合って以来だな。あの時は大惨事の一歩手前で止めてやったが今回は手加減しない。もういくとこまでいくからな」

「すいません、やっぱお菓子あげるんで止めませんか？　なんだか凄く嫌な予感が……。

ていうか何度も聞きますが、あたしあの時何されたんです？」

「出来れば外でやっていただけると、お仕事に集中出来て助かるのですが……」

——もうしわけなさそうに言うバイパーに、これ以上は仕事の邪魔になるからと一時休戦に入った俺とロゼは、ソファーに腰掛け菓子を食う。

並んで座る俺達二人の姿にバイパーがクスリと笑みを浮かべた。

「そうしているとお二人は、何だかご兄妹みたいですね」

バイパーの言葉に顔を見合わせた俺達は、

「俺、もうちょっと女の子らしくて可愛げがあって、甘えてくれる妹がいい」

「あたしも、毎日お菓子をくれて甘やかしてくれるお兄ちゃんが欲しいです」

結ばれたばかりの休戦協定が早速途切れそうだが、ふと気付く。

「そういえば、バイパーちゃんがここに来てそこそこ経つのに、グレイス王国との交渉について続報がないな。いくら何でも遅くないか？」

そういった交渉はアリスに丸投げしているのだが、腹黒姫のティリス相手に手こずっているのだろうか。

と、ロゼが菓子を貪りながら言ってくる。

「ひらないんでふか？　……んぐっ。ティリス様が、グレイス王国と目と鼻の先にあるこの街に、ずっと敵対してきた魔族に住まわれるのは……と、難色を示してるそうですよ」

日本人的な感覚だと戦争難民なんだから可哀想だし受け入れてやれよと感じるが、長らく戦場に身を置いた今なら、ティリスの言い分も理解出来る。

何せ戦争の期間が長すぎた。

男手が減り、女騎士が珍しくもなくなるほどに続いた長い戦いは、両者の間に大きな溝を作ってしまった。

互いに殲滅戦しかないと思っていたところに、ある日突然現れた俺達が、敵対者をウチで引き取るから仲良くしろと言っても納得いくものではないのだろう。

それこそ、いつか勇者が現れて魔王が倒されるという伝承に縋るほどこの国の連中は追い込まれていたのだ。

領土が砂漠化した魔族連中からすれば、リリスのおかげで巨大トカゲがいなくなった今、魔の大森林を開拓出来るのは降って湧いたような幸運だろう。

しかし、魔王軍が金をほとんど使い果たし、ロクに賠償金すら貰えないグレイス王国としてはこれが面白いわけがない。

「そりゃまあ、長い間戦ってきた宿敵と今さら仲良くやりましょうと言われてもなあ……。まあ、魔王軍の同盟国トリスが受け入れてくれればそれで済むんだけどな」

「魔族の人も住める土地がどんどん減っていったんだから、戦争に踏み切った気持ちは分かりますけどねえ。あたしだってご飯がなければ我慢出来るか分かりませんし」
実際に腹を空かせて俺を食おうとしたコイツが言うとなかなか説得力があるな。

――と、その時だった。

《戦闘員の各員は至急アジト前に集合だ。武器を持つのを忘れるな。巨大魔獣の襲撃だ、全員急げ！》
アジトに備え付けられたスピーカーから、いつになく切迫したアリスの声が響いてくる。
突然の放送にロゼが頬張っていた菓子を詰まらせる中、俺は部屋から飛び出すと、自室のRバッソーを手に取り駆け出した――

5

アジトの外に出ると、そこには巨大なモグラがいた。
「な、なんじゃこりゃー！」

思わず叫んでしまったが、その姿には見覚えがある。

以前砂漠で出くわした、砂の王とかいう巨大モグラだ。

すぐ傍に巨大な穴が開いている事から、地面を掘って現れたのだろう。

辺りでは、建設用の重機に乗った戦闘員達が砂の王を囲んで対峙していた。

「おう、来たか六号、Rバッソーを持ってきたならお前はソイツで応戦しろ。他の連中が銃弾を撃ち込んでるんだが、どうにも効かねえんだ」

同じく重機に乗ったアリスが俺に気付いて指示を出すが、このデッカいのに生身で近付くのは遠慮したい。

「アリス、重機じゃなくてデストロイヤーに乗って戦えよ！　もう修理も終わってるんだろ⁉　アレならモグラに対抗出来るだろ！」

「大飯食らいのデストロイヤーさんは発電所で休憩中だ。航空機用のジェット燃料でも電力でもどっちでも動けるデストロイヤーさんだが、ポイントで燃料を送って貰うと高えからな。今は森を切り開く作業で酷使したから充電させてるところだよ」

こんな時一番頼りになるのがデストロイヤーさんなのに！

皆に取り囲まれた砂の王は、鼻をヒクヒクさせながら二本の後ろ足で立ち上がる。

デカいとは思っていたが、こうして目の前で立ち上がられると威圧感がハンパない。

これ、俺がノコノコ近付いてったら踏み潰されるんじゃないのか。

と、俺が怖じ気づいていた、その時だった。


「ゴガアアアアアアアアアアアアア！」


森の奥深くから、聞き覚えのある吠え声が轟いた。

キサラギが誇る怪人ロリ男、いや、トラ男がこちらに向かって駆けてくる。

威圧感を伴う吠え声に、さしもの砂の王もトラ男に注意を惹かれたようだ。

そういえばトラ男は前回、砂の王に襲われたとか言っていたが、このモグラからどうやって逃れられたのだろうか。

まあ、今はそんな事置いといて……。

「トラ男さんやっちゃってください！　俺は怪人に及ばない戦闘員なんで、隅っこから援護します！」

「オメーは戦うぐらいしか能がないクセに何言ってやがる、俺と一緒に来るんだにゃん！」

アジトに駆け込んで来たトラ男が俺の隣でうなり声を上げて威嚇する。

砂の王の注意が完全にトラ男へと向かっているのは気のせいか。

「トラ男さんは前回コイツから逃げてきたんですよね？　モグラさんがヤケに気にしてるように見えるんスけど」

「こないだは怪人の本気パワーで殴り付けてやったからな。それで警戒されてるにゃん」

さすがは怪人、頭がおかしい。

あんな巨大生物を真正面からぶん殴りに行ったのか。

「今回は重機に乗った連中がたくさんいますし、あいつらに任せましょう。銃火器も効かないらしいですよ」

俺にはそんな危険な事は出来そうもないので、ここは他の連中に押し付けよう。

「よし、俺とお前で注意を惹くにゃん。アイツがこっちに来た瞬間を、重機組が横から取り押さえるにゃん」

「マジッスか」

ちくしょう、やぶ蛇だった。

俺とトラ男がジリジリと真正面から近付いていくと、砂の王はなぜか口をモゴモゴさせ始め——

嫌な予感がした俺は、咄嗟に身を投げ出していた。

ボッという音と共に、砂の王が何かを噴いた。

横に飛び退いたその瞬間、直前まで俺がいた場所を人の頭サイズの鉱石が通り過ぎる。

ちょっ、あんな物が頭に当たれば間違いなく死んでしまう！

「トラ男さん、アイツ遠距離攻撃してきましたよ！」

「こっちの銃は通じねえし、向こうは見ての通りに離れたとこからも攻撃出来る。となると重機でも使ってパワーで取り押さえるしか手がねえにゃん」

俺達が大声で言い合っていると、その度に砂の王が鼻をヒクヒクさせる。

そういえば、以前砂の王と遭遇した時にアリスがこう言っていた。

モグラは目がよくない分、音と臭いに敏感だと。

「トラ男さん、俺、悪行ポイント使えないんで取り寄せて欲しい物があるんですけど」

「……B型制圧装備？　ああ、モグラは鼻がいいからか。よし、任せておくにゃん」

砂の王が二回目の遠距離攻撃体勢に入る中、重機組の一人が横っ腹に突っ込んだ。

それに合わせて他の連中も次々と――

「六号、制圧装備にゃ！　俺は指先のクローが邪魔で投擲が苦手だ、お前がやれにゃん！」

「ヒャッホウ、これでも食らえ！　オラアアアアア！」

制圧装備こと強化催涙弾を投げつけると、狙い違わず砂の王の鼻に当たった。

激突と共に強烈な臭気を放つ制圧装備は、鼻の良い砂の王には堪らなかったらしく……。

「うあああああああ！　てめえ六号、何やってんだー！」

「バカ野郎、どうにかコイツを取り押さえろ！」

「建設中の建物が潰されるー！」

激臭に暴れる砂の王は、自らを押さえていた重機をはね除け、辺りの建物を破壊しながらのたうち回る。

「悪行ポイントが余ってるヤツは、鯨モリを送って貰え！　モリを大量に撃ち込んでロープを重量物に固定しろ！」

鯨モリは尻に丈夫なロープが付いた捕鯨用のモリの事だ。

重機では押さえ込めないと判断したのかアリスがすかさず指示を出すが、暴れ回った砂の王は怒りの声を上げ続け……。

自らが掘り進めた穴に飛び込むと、大量の土砂を蓋をするように後ろに掘り分け、あっという間に姿を消した――

6

「大丈夫ですか隊長！　何が襲ってきたんですか!?」

「おせーよロゼ！　モグラだよ！　あの、砂の王ってヤツが襲ってきたんだ！」

砂の王が消えた後、執務室にいたロゼとバイパーが現れた。

二人は居住区画に残された巨大な穴を見て息を呑む。

「遅れてすいません六号さん、ロゼさんがお菓子を喉に詰まらせ、死にかけていたもので……」

「いや、バイパーちゃんはお客さんなんだからむしろ安全な所にいていいんだけど……。お前は戦闘員なんだからな？　戦闘していた俺達が無傷なのに、何で遅れてきたお前が死にかけてんだよ」

「あたし、一つ賢くなりました。スナック菓子は口が渇くので、慌てて食べると喉に詰まるって」

バカな子から、ちょっとバカな子に成長したロゼの相手をしていると、重機を引っ繰り返された戦闘員達が集まってくる。

「おいバカ、あんな巨大生物にB型装備を投げつけるとか何考えてんだ！」

「先輩風吹かせてたクセにこのバカ、足引っ張ってんじゃねえぞ！」

「聞いてんのかバカ、お前責任取って破壊された建物、全部一人で直してこい！」

「バカバカバカバカバカうるせーよ、お前らだって九九も怪しいバカばっかだろ！　ロゼ、お前は遅刻組なんだから一緒に手伝え！　瓦礫の山を片付けるぞ！」

「わ、分かりました！　遅れて来てすいませんでしたー！」

瓦礫を片付け始めた俺の横で、なぜかバイパーまでがそれを手伝う。

「何やってんのバイパーちゃん、俺とロゼでやるから部屋に戻ってくれていいよ。それに、ここにいる俺以外の男はロクでもないのしかいないからね、危ないから早く帰って」

「「「あ⁉」」」

ロクでもない連中が頭に血を上らせる中、だがバイパーは首を振り。

「いえ、書類仕事はもう終わったので手伝います。それより、皆さん本当に怪我はありませんか？　こう見えて簡単な治癒の魔法が使えますから、小さな傷でも言ってくださいね」

「「「魔法！」」」

ロクでもない連中の興味が、俺への制裁から魔法へと移行した。

「何だよお前ら、魔法なら魔王軍との戦闘ですでに散々見てるだろ？　……はーやれやれ、これだから派遣されたばかりで浮かれた戦闘員はダメなんだ……いだぁ！」

魔法に関しては既に知識を得ていた俺が、ろくでなし共に勝ち誇っていたら殴られた。

「バイパーさんって言ったか？　早速だがこのアホを治して見せてくれ」

「おい、やってくれたなこの野郎。治してくれってのはお前に殴られた頬の事か？　俺をアホ呼ばわりするって事は、頭を治せって意味じゃねえだろうな！」

喧嘩を始めた俺の頬に、バイパーがそっと手を触れ魔法を唱える。

「時の女神の名の下に、汝の傷を元に戻せ！」

すると殴られて赤くなっていたほっぺたが、時間が巻き戻るように癒えていく。

「「「おおおおおおお！」」」

「何喜んでんだ、俺は見世物じゃねーぞコラ！」

皆がバイパーの魔法に感動する中、非科学的な現象を親の仇のように憎むアンドロイドがやって来た。

「今のは魔法に見せた超科学だな。このアホ共は騙せても、クリスタルレンズで出来た自分の目はごまかせねえぞ」

「普段のお前は頼りになるが、今のお前の目はガラス玉だよ」

未だ頑なに魔法を信じないアリスが言った。

「おい六号、戦闘員を一人ぶん殴れ」

「任せろ」

「いでぇ！　テメー六号、やりやがったなこの野郎！　……おっ？」

先ほど俺を殴った戦闘員を殴り付けると、腫れ上がった頬にアリスがそっと手を当てる。

「……アンドロイドとは分かっていても、女の子にほっぺた触られるのはなんか良いな。……痛たたたた！　アリスお前何やってんの！」

頰を摑んで身動きを封じた戦闘員に、アリスが注射をぶっ刺した。

すると注射を刺されたほっぺたが、みるみるうちに治っていく。

「治療用のナノマシンを打ち込んだんだよ。見ろ、科学の力ならおんなじ事が出来るだろ？」

「オカルトへの対抗意識で実験台にするんじゃねえよ！」

と、アリスと摑み合いの喧嘩を始めた戦闘員をほったらかして、皆がバイパーを取り囲む。

「さっきバイパーさんは時の女神がどうとか言ってたけど、時間を戻して怪我を治したのか？　それなら、壊れた物も直せるのか？　もしそうならよう、六号が壊した俺のフィギュア直してくんねえ？」

「あ？　物も直るのか？　だったら、対戦中にボロ負けした六号がキレて壊した、娯楽室のゲーム機を……」

と、戦闘員達が口々に要請する中、それまで魔法に興味を向ける事なく、ニコニコしながらロゼの手伝いをしていたトラ男が動きを止めた。

トラ男は酷く真剣な表情で、

「バイパーさん。その魔法で俺を小学生に戻す事は出来ないか？」

「す、すいません……。私の持つ魔導石では、体のごく一部をほんの少し前の状態まで戻すのが精一杯で……」

語尾のにゃんを忘れるほどのガチな願いだったのか、トラ男は、そうか……と呟き遠くを眺めた。

「さっきからごめんなバイパーちゃん、俺の言った通りロクでもないのしかいないだろ？もうここはいいから中に入りな。ここにいるのは野獣の群れだ、イタズラされるかもしれないからな」

俺の言葉に戦闘員達がギリッと歯を軋ませるが、バイパーは慌てて首を振ると。

「いえ、その……。今は私よりも、皆さんにお尋ねしたい事があるんです。砂の王が現れたと聞いたのですが、もしや皆さんは大森林の主、『森の王』を退治したのですか？」

……森の王って何だっけ？

どっかで聞いたような気はするのだが、そんなもん倒した事あったかな？

と、その時、戦闘員の一人が呟いた。

「リリス様がこないだ倒した、バカデカいメカトカゲの事じゃないのか？　アレって確か、そんな名前が付いてたはずだ」

ああそうか、謎施設を守っていたヤツか、そんなのもいたなあ。

「なるほど、そういう事ですか……。皆さんが森の開拓を始めたと聞いた時は、森の王への対抗手段を得たのだと思っていましたが、そうですか……。困りましたね……」

何やら考え込んでいたバイパーがブツブツと独り言を口にする。

その内容は何だか他人事では済まない感じだ。

「バイパーちゃん、あのトカゲが何か関係あるの？　アイツを倒しちゃマズかった？」

「い、いいえ、そういうわけではないのですが……」

バイパーは言い難そうに、しかし、これは言わなければといった表情で。

「……砂の王がここに現れたのは、森の王が倒されたからだと思いまして」

………。

「元来、森の王と砂の王は仲が悪く、常に縄張り争いを繰り広げていました。やがて森の王はグレイス王国周辺と魔の大森林を。そして砂の王は、魔族領を縄張りとし、活動を始めたんです」

バイパーの言葉に静まり返る戦闘員達。

その言葉が本当であれば、どうしても聞いておかなければいけない事がある。

「ねえバイパーちゃん、森の王がいない今、あのモグラはまたここに来ると思う？　……それこそ、グレイス王国の城下町とかにも」

「お、おそらくは……」

……せっせと瓦礫を片付けるロゼと、そんなロゼに温かい視線を送り、片付けを手伝うトラ男。

二人が立てる音だけが響く中、それまで喧嘩していた戦闘員をいつの間にか取り押さえていたアリスが言った。

「おい六号、報告書だ。アスタロト様やベリアル様にこの事全部チクっておけ。この場にいる全員からの、制裁願いも忘れるなよ」

【中間報告】


最高幹部の皆様は、現在どのように過ごされているでしょうか。

色々やらかしてくれたリリス様を、もう一度簀巻きにしてやってください。

前回、トラ男さんの部隊が巨大モグラ『砂の王』に突然襲われたのは、リリス様のせいである事が判明しました。

『森の王』と呼ばれる巨大トカゲをリリス様が何も考えずに倒したせいで、互いにけん制し合っていたパワーバランスが崩れたようです。

このままでは、グレイス王国にまで砂の王が侵攻する可能性が高いとの事。

というかつい先日、アジトも砂の王に襲われました。

事態は緊急を要するため、魔王軍とグレイス王国の交渉やロゼの出生の調査は一時中断され、砂の王撃退作戦が執り行われる事になりました。

つきましては、こんな事態を引き起こしてくれたリリス様に、現地戦闘員及び怪人一同、何らかの制裁を希望します。

——追伸。少しでも悪いと思うなら、携帯ゲーム機用のソフトを送れと伝えてください。

報告者　戦闘員六号

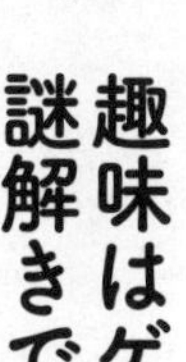

三章　趣味はゲームの謎解きです

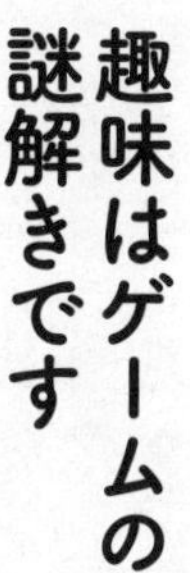

1

辺りが夕陽に染まる頃。

執務室で黙々と仕事に励むバイパーの横で、ソファーに寝そべり携帯ゲーム機で遊ぶ俺。

今日も、いつもと変わらないそんな一日がそろそろ終わるかと思われたのだが……。

「……ふうん。本当にアリスがそこまで言ったの？　この街の予算配分は、ある程度は貴方が決めていいって？」

「は、はい、一から全て作るのも面倒なので、私が草案を出して、それをアリスさんが修正するとの事です……。あ、あの、何かマズかったでしょうか……？」

バイパーの執務室には現在四人。

俺とバイパーを始めとして、先ほどから書類を片手に小姑みたいな事をしているグリムと、そしてなぜかバイパーの足下で、人懐っこい犬みたいに丸くなって眠るロゼがいた。

「その事自体はマズいとは思わないけど、この部分は何かしら？　保育施設への予算が随分と高額ね。その理由を教えてちょうだい？」

「あ、あの……。子供は国の宝ですから、育児周りは整えておいて損は無いかと……。ここはまだ入植前の街ですから、将来の人手となる子供の育成は大切だと思いまして」

おずおずと答えるバイパーの前に、グリムが書類を叩き付けた。

ビクッと震えるバイパーにそのまま人差し指を突き付けながら、

「それじゃあ子供がいない家庭はどうなるのよ！　独り身の女はどうなるの⁉　子供を大事にするのは結構よ。でもね、私が払った税金からその予算が組まれるんでしょう⁉　そんなの絶対許さない！　独り身の私のお金でどうして幸せそうな人様の子供を支援するのよ、そんなの嫌よ、絶対嫌！　だったら結婚相談所にも支援しなさいよおおお！」

独身女の魂の訴えに、バイパーは怯えながらも言葉を返す。

「け、結婚相談所は、今のグレイス王国やこの街には必要ないかと……。アリスさんいわく、私達との戦争が終結すれば、平和になった事で食糧や仕事が一気に増えて景気も良くなり、空前のベビーラッシュが起こるそうです。それなら無理に結婚させるより、既に家庭を築いている人を支援した方が予算効率がいいかと……」

「何ですってええええええええ！」

半泣きのグリムが騒ぐ中、携帯ゲーム機で遊んでいた俺は難関に差し掛かっていた。

「バイパーちゃんバイパーちゃん、ちょっとこっち来てくれない？　謎解き要素が出てきたから助けてくれよ」

「あ……。分かりました、今回はどんな謎解きですか？」

こないだからずっと遊んでいるこのゲームは、主人公がダンジョンへと挑み、数々の謎を解き明かしてダンジョンマスターを倒し、お宝を手にするという単純なものだ。

基本はアクションゲームなのだが、たまに出てくる謎解き関連が俺を苦しめるのだ。

アリスに聞けば一発なのだが、アイツはゲームデータの解析まで始めてシナリオをラストまで解読してしまい、アッサリネタバレしそうで避けている。

というか既に別のゲームでそれをやられた。

なので、身近にいるヤツの中で一番頭の良さそうなバイパーに、こうして助言を貰っていた。

「ほら、目の前に扉があるんだけどさ。そんで、天井からぶら下がったロープにバナナが吊されてるわけだ。で、部屋にあるのは踏み台と棒切れのみ。普通に考えれば、踏み台に乗って棒でバナナを叩き落とせって事なんだろうけど……」

「なるほど、踏み台に乗ってもこの棒の長さでは届きませんね……。私に幾つかの考えがあります。一つ目は踏み台の上からジャンプしながら棒で叩く。二つ目は、少し乱暴ですが重さのありそうな踏み台を投げ付ける。三つ目は……棒の長さを足せばいいと思います。主人公が使っている剣があるじゃないですか。コレの先に紐か何かで棒をくくりつけてはどうでしょうか」

対策を三つも出して、バイパーは少しだけ誇らしげだ。

なるほどなあ、これが英才教育を受けた魔王の娘か……。

「バイパーちゃんはさすがだな。その内どれか一つは上手くいきそうだ」

俺のゲーム機に興味を覚えたのか、執務室内の絨毯の上をペタペタ歩き、グリムが隣から覗き込んできた。

「また変わった物で遊んでいるわね。……何？　その扉が開かないの？　どうしてバナナを落とすと扉が開くの？　扉を壊しちゃダメなのかしら」

ゲームの事などまるで分からないのか、グリムが常識外れな事を言ってくる。

「どうして開くのかって、そりゃあそういうギミックだからな。仕掛けを解けば道が開かれるのが――」

グリムに扉が開かないところを見せようとしたのだが、なんか普通に開いてしまった。

「何よ、ちゃんと開くじゃない。そのバナナは何の意味があるの？」

「分かんない」

というか、このゲームの製作者の意図も分からない。

……あっ！

「大丈夫だよバイパーちゃん、開いたんだからいいじゃないか！　ほら、空腹ゲージが減ってきたらさっきの方法でバナナをゲットすればいいし！」

バイパーは自信満々に解決策を出していた自分が恥ずかしくなったのか、顔を覆って蹲っている。

……と、その時だった。

ズズンというアジトの震動と共に、アリスによるアナウンスが響き渡る。

《この間のモグラがまた来たぞ。毎日の朝礼で説明した作戦を忘れるな。戦闘員は配置に就け、B型装備も使うなよ》

——アジトが襲撃を受けたあの日から、俺達は不定期に砂の王に襲われていた。

「捕鯨砲と鯨モリは用意したな？　各員、砂の王にドンドン撃ち込め！」

アリスのそんな指示を受け戦闘員達がモリを投げる。

捕鯨砲と鯨モリは、本来であれば名前の通り、捕鯨に使われる物らしい。

モリの後ろの方には頑丈なロープが付けられており、ロープの端は地中深く埋められた鉄杭に繋がっていた。

まずこれを砂の王に撃ち込んで逃げられなくした後、徐々に弱らせて倒すという作戦だ。

「これでも食らえ！」

「捕獲だオラァ！」

俺を除く戦闘員達が思い思いに捕鯨砲やモリを撃ち込む。

悪行ポイントが未だマイナスの俺は、一人寂しくアリスの護衛だ。

「やったぜ、当たった！　ロープを巻き取れ！」

「今日こそは逃がさねえぞ、今夜の飯はモグラ鍋だ！　……って、あれっ？」

直撃したはずのモリは、砂の王にはなぜか刺さらず弾かれる。

「まただ！　銃弾も跳ね返されるしアイツの体はどうなってるんだ！」

「こんなの相手にどうすりゃいいんだよ！」

攻撃を受けた事で暴れ出した砂の王から逃げ惑いながら、モリが通じない戦闘員達が悲鳴を上げる。

そんな目の前の光景に、アリスが納得いかないとばかりに首を傾げる。

「銃弾が効かないって報告は受けてたが、モリが刺さらねえのはどういう事だ。デカくてもモグラはモグラだ。表皮がそこまで硬いとも思えねえんだが」

モリという原始的な攻撃とはいえ、改造手術を受けた戦闘員が投げ付けているのにここまで効かないというのは確かにおかしい。

火薬でモリを撃ち出す捕鯨砲すら刺さらないのだ。

モグラなだけあって、地中深くに眠るこの世界の謎鉱石を取り込んで、表皮を強化でもしてるのだろうか。

俺は弾き返されてその辺に落ちていたモリを拾い上げると。

「制限解除——！」

《戦闘服の安全装置を解除します。よろしいですか？》

制限解除の俺の言葉に、戦闘員達がギョッとする。

《安全装置の解除を行うと、一分間の制限解除行動後、約三分間のクールダウンが必要となります。本当によろしいですか？》

「ああ、やってくれ。こういう時に長年戦闘員をやっていたかどうかの、ベテランとの差ってヤツが出るんだな。ったく、やれやれ……」

《安全装置を解除します。キャンセルする場合はカウントダウン中にキャンセルを唱えてください。10……9……8……》

モリが刺さるパワーが足りないなら足せばいい。

そんな単純な考え方も、銃火器のみに頼り続けた軟弱な連中には思い付かないようだ。

「お前らに本物の戦闘員の戦い方を教えてやるよ。俺達は前に出てなんぼの制圧兵だ。後ろの方でビビってんじゃねえぞ、コラァ！　おら、モグラ野郎！　俺が相手だ、掛かってこいやあああ！」

自らの真正面に堂々と立つ俺に、砂の王が鼻先を向けた。

俺から溢れる気迫の前に、無視できない相手だと判断したのだろう。

いやもしかしたら、俺がさっきまで食べてたスナック菓子の匂いを気に入ったのかもしれないが。

「おい六号、お前、朝礼での自分の話を聞いてないだろ。モリが通じない場合は制限解除。ただしそれを行う場合は安全のため、後ろに下がって他の戦闘員がモグラの注意を惹いてから。……モグラが出た時のために、毎日ちゃんと撃退作戦の説明したろ」

「そもそも俺、朝礼にほとんど参加した記憶がないわ」

…………。

《――戦闘服の安全装置を解除しました》

2

「うわあああああ！　早く！　お願い、早く助けてええええええ！」

「ちくしょう、何でお前はそんなにバカなんだ！　……重っ!?　くっそ、なんでこんなに重いんだ!?」

「コイツ、未だに旧式の戦闘服なんか使ってんのか？　いい加減悪行ポイントで最新式の装備を買えよ！」

戦闘服がクールダウンに突入し動けなくなった俺は、二人の戦闘員に抱えられたままモグラに追いかけられていた。

制限解除したにも拘わらず、投げたモリは刺さらなかった。

「なあお前ら、おかしくないか？　俺の剛腕で投げたモリですら効果がないんだ。これはひょっとして、物理攻撃を無効化するみたいな魔法的な何かじゃないのか？　ゲームみたいな」

「そういう考察はアリスに任せろ！　お前動けないからって暢気な事言ってんなよ！」

俺の上半身を抱っこしている同僚が叫ぶが、アイツはオカルトの類いを考慮しないからなあ……。

「いや、トラ男さんが全力で殴り付けた時はちょっと効いてる風だった。だから、物理無効って線は無いと思うぞ」

俺の下半身担当の同僚が、俺の考えを否定した。

怪人であるトラ男の攻撃は通じたのなら、やはり単純にパワー不足という事か。

しかし、俺の投擲ですら表皮を貫く事が出来ない以上、モリによる拘束は無理だろう。

俺だって別にポイントが足りなくてずっと旧式戦闘服なわけじゃない。

コイツは最新式に対し重くて素早さには欠けるのだが、パワーと耐久性にかけては上回っているのだ。

さらに、作りが単純な分壊れにくいという特徴も持つ。

いっそ、トラ男の怪人パワーでモリを投げて貰おうか？

……いや、あの人はクローのおかげでノーコンだ、多分どんなに離れていても俺達の方に飛ぶ気がする。

というかそもそも、前回のモグラの襲撃以来、トラ男の姿が見えないのだが……。

「なんかドンドン距離が縮まってるぞ！　お前らもっと頑張ってくれ！」

「うるせえ、ちょっと黙ってろ！　じゃねえとお前を捨ててくぞ！」

「何ならもう捨ててっちまおう、このままじゃ俺達までヤバそうな雰囲気だ！」

さすが悪の組織の戦闘員、俺を見捨てる決断に迷いがない。

「頼むよ、見捨てないでくれよ！　無事に生きて帰ったら、グレイスの飲み屋で知り合ったビアンカちゃんを紹介するから！」

「……チッ、バカが。悪の組織の戦闘員とはいえ、仲間を見捨てるわけねーだろうが！」

「ああ、六号とは長い付き合いなんだ。ピンチの時のジョークってヤツだ！　気合い入れるぞ！」

キサラギの戦闘員は普段軽口を叩き合っても仲間は決して見捨てない。

俺はその事を噛みしめながら、心の中で感謝を送った。

二人は全力を振り絞ってくれているようだが、それでも徐々に追い付かれていく。

クールダウンの残り時間は後一分。

これは逃げ切れないかもしれないな……。

と、俺と同じくそれを察した二人が囁き合った。

「おい、ギリギリまでは粘るけど、いざって時は分かってるな？」

「ああ、お前とも長い付き合いなんだ。追い付かれる寸前になった、その時は……」

「なあ、いざって時にどうする気？　その時はどうする気だよ。俺達仲間だろ？　いや、何なら友達じゃん。戦場を駆け巡った親友じゃん！」

俺の必死の訴えに二人は視線を合わせてくれない。

知ってた、しょせんキサラギの戦闘員なんてこんなもん。

「おい、どうだ？　もうちょいいけるか？　これ以上は追い付かれるか？」

「いや、そろそろ……」

「まだいけるよ、まだまだいける！　お前ら早々に諦めるなよ、そろそろクールダウンが終わるから！」

砂の王がさらに迫り、捨てて行かれるかと思われたその瞬間。

「偉大なるゼナリス様、この魔獣に災いを！　派手に転倒するがいい！」

呪言が辺りに響くと共に、砂の王がすっ転んだ。

声がした方に首を向ければ、そこにはロゼに車椅子を押してもらっているグリムの姿が。

普段は足を引っ張るヤツだが、たまに本当に役立ってくれるな。

いつも は奢って貰うばかりだが、今夜ぐらいは……。

「隊長、砂の王は私の呪いで転んだの！　そう、この私の呪いでね！　この貸しは大きいわよ、例の約束までの期間を一年は早めて貰うほどの……」

よく分からない事を言い出したグリムに、やっぱり奢るのは今度でいいかと思い直す。

《クールダウンが終了しました。戦闘服が使用できます》

ようやく聞こえてきたアナウンスに、俺は自らの足で駆け出した。

「クールダウンが終わったか。……おい、何でお前が真っ先に逃げるんだよ！」

「コイツ、今まで抱えてやった恩を忘れやがって！　せめてお前は俺達の後ろを走れ！」

後ろから何か聞こえてくるが、クールダウン中に体力を温存していた俺は真っ先にグリムの下へと辿り着く。

「隊長ってば目を離すとピンチになるのね。本当に放っておけない人ね、私がいないとダメなんだから……」

そう言って、仕方のない人ね、みたいな態度を取るグリム。

「目を離すと死んでるお前に言われたくないけど、助かったよ。この貸しは大きいわよ、の辺りから何言ってるのかサッパリ分かんなかったけど」

「隊長が分からないフリを続けても、私の方で勝手に期間を縮めるからね。あと九年、互いに結婚出来なかったら約束果たして貰うわよ」

やっぱりよく分からない事を言うグリムは放っておき、砂の王へと視線を向ける。

身を起こした砂の王は、二手に分かれる事にしたらしい戦闘員の片方を執拗に追い掛けていた。

「グリム、もう一発呪いをいけるか？　途中で俺を捨てようか悩んでたけど、あいつら一応助けてくれたからな。貸し借りは無しにしておきたい」

「いけるけど私への貸しは増えるからね？　あと八年、お互い独身だったなら……」

いけるけど、という言葉と共に、俺は砂の王へと駆け出した。

「隊長、頑丈なあたしが囮になります！　その間にどうにかしてください！」

グリムの言葉を掻き消すように、ロゼが俺に呼び掛けながら隣を素早く駆け抜けていく。

「私の話、聞きなさいよおおお！　偉大なるゼナリス様、この魔獣に災いを！　金縛りに遭うがいい！」

戦闘員を追っていた砂の王は、その動きをピタリと止めた。

呪いが珍しくも連続で成功し、グリムの力を知らない戦闘員が驚きの声を上げていた。

「ほら隊長、ご覧なさい！　私は出来る女でしょう？　役に立つ女でしょう？　こんないい女があと八年もフリーの可能性は低いわよ！　さあ、今なら家事全般も得意な私が婚姻届一つで付いてくる！　その、気になるお値段は……」

　呪いの連続成功のテンションでグリムがおかしな事を口走る中、アリスが俺に何かを投げ付けた。

「六号、リリス様が置いていった音響爆雷をくれてやる！　モグラは音に弱いはずだ。砂の王が口を開けたらコイツを放り込んでやれ！　今日のところは追い払うだけでいい！」

　投げ付けられた丸い玉をキャッチすると、俺はロゼの背中を追い掛ける。

　二人の戦闘員が十分に距離を取った頃、金縛りが解けた砂の王は鼻先を目の前のロゼへと向ける。

　……と、その時だった。

「今日はついてる。ついてるわ！　今ならゼナリス教の秘技すらいける気がする！」

　一体何をするつもりなのか、いくつもの贄となる品を手に握り、グリムが椅子の上に立ち上がる。

「私は死と滅びの超越者。偉大なるゼナリス様の信徒にして大司教！　我が名はグリム＝グリモワール。我が呪詛の真髄を、その目に焼き付けてあげましょう！」

　辺りが急に暗くなった。

　先ほどまでは確かに晴れだったはずなのに、いつの間にか空には雲がかかっている。

人の身では到底行えないような異常事態に、戦闘員達がどよめいた。

周囲の騒ぎを満足げに聞きながら、グリムは砂の王に指を差す。

「偉大なるゼナリス様、かの者に永遠の眠りによる救済を。死は愛しく尊きもの……。我が腕に抱かれて眠るがいい！」

長年の戦闘員の勘が、コレはヤバいヤツだと訴える。

こいつマジか……、普段は辺りに嫉妬を振り撒くいきおくれだと思っていたら、これが大司教の本気なのか……！

『ゼナリスに供物を捧げよ！』

グリムが一言叫ぶと同時、砂の王が黒い霧に覆われる。

「さようなら、砂の王。いくつもの国々を震撼させた、偉大なその名は忘れないわ……」

グリムは小さく呟いて、キメ顔のまま椅子から転げ落ちた。

なんだろう、これは何が起こっているんだろう。

とりあえず、グリムが派手な自殺をした事だけは理解した。

砂の王も困惑してるのか、霧が霧散したのにキョロキョロしている。

だが、そんな困惑気味の空気を掻き消すように、真に迫った低い声が辺りに響いた。

「我が業火の海に沈むがいい……！」

グリムの芸に触発されたか、ロゼが身構え、息を吸う。

俺はロゼが注意を惹いている間に砂の王へと駆け出すと、

「永遠に眠れ！　クリムゾン・ブレスーッッッ！」

鼻先を炎で焼かれて一瞬怯んだモグラの口に、音響爆雷を投げ付けた——！

3

砂の王をどうにか追い払った俺達は、まるでお通夜の様相を呈していた。

「カーッ！　今日も負けた負けた！　おい、ビールお代わり！」

アジトに作られた食堂で冷えたビールを一気に呷る。

俺が空になったジョッキをビールサーバー前にいた戦闘員に突き出すと、すげなくその手を払われた。

「うるせー、タダ酒なんだから自分で注げ！　クソッ、こう何度も襲われるといい加減嫌になるぜ！」

街に繰り出して飲んでもいいのだが、キサラギが経営する食堂では、社員はいつでも夕飯が食べられるし、夜になればビールが飲み放題になっている。

基本的にブラック企業だが、ここの数少ない福利厚生だ。

戦闘員は体が資本なので、食べる事に関してだけは面倒を見てくれるのだ。

「たいひょう、あたひ思うんれふけど……んぐっ。いつでもお腹いっぱいご飯が食べられる、キサラギは天国なのかなって」

社員食堂の存在を教えてからというもの、バイパーの執務室かここに来れば大体いるロゼが、幸せそうな顔で言ってきた。

「お前は何食っても幸せそうでいいなあ。グリムのヤツはたまにここへ誘っても『もっと雰囲気のいいお店がいい！　安い食堂や居酒屋は嫌よ、屋台なんて論外ね！』って言いながら、出て行きもしないで駄々捏ねてるぞ」

「グリムは元々大きな商家のお嬢さんですからね。出自がいいのでデートぐらいはお高いお店に連れて行ってほしいんですよ」

商家のお嬢さんの割りに、たまに地が見えるんだけど。

そしてそのグリムだが、現在は祭壇に安置中だ。

ロゼいわく、今回のヤツは重傷なので復活は当分無理との事だ。

砂の王を相手にそれなりに対抗出来ていただけに、グリムがいないのは少し惜しいが仕方が無い。

「今日のグリムは活躍したから高い店に連れてってやっても良かったんだがなあ。アリスから、明日は朝から用事があるからアジトにいろよって言われたし、今夜は負け犬連中と一緒に飲むとするよ」

「誰が負け犬だこの野郎、お前は真っ先に足引っ張ってただろ！」

「へっ、未だにポイント不足で転送が使えないクセに、態度だけは一丁前だな。ほら、這いつくばってワンって言ったら、十ポイント以内なら欲しい物を取り寄せてやるぞ」

俺は舐めた口を利いた同僚に拳を食らわせ、這いつくばってワンと鳴く。

「よし、コレで新しいゲームソフトが手に入る。あのクソゲーはいい加減腹が立っていたからな。明日からは別ゲー出来るぜ」

上機嫌でビールを呷る俺の隣で、目立たないように夕食を食べていたバイパーが顔を上げる。

「……あの、いつものゲームはもうやらないのですか？」

「ん？　いやまあ、アレってクソゲーじゃん。あれって俺の上司のゲームなんだけど、あの捻くれ者が持ってるゲームな時点で警戒するべきだったよ。……バイパーちゃんどうしたんだ？　あのゲームが気に入ったのか？」

なぜだか寂しそうな様子のバイパーに尋ねるも、フルフルと首を振る。

「いいえ、別に、気に入ったというわけではないのですが……」

と、何かを言おうとしたその時だった。

「おうおう、こんな所に不似合いな、随分と可愛いのがいるじゃねえか。ここがどこだか分かってんのか？　ああん？」

「へっへっへ、六号にばかり構ってないで、酌してくれよ姉ちゃんよお！」

戦闘員何号だか忘れたが、砂の王から俺を助けてくれた二人がバイパーの隣に腰掛けた。

「お酌、ですか？　ですがお二人は、お酌の必要の無いお酒みたいですが……。あの、お酌が出来る種類の物を持ってきましょうか？」

嫌がったり塩対応をするどころか、酒を取りに行こうと腰を浮かせるバイパーに、同僚の方が慌てだした。

「あっ！　違うよバイパーさん、コレは俺達流の挨拶だから！」

「すいません、俺ビールでいいっス、バイパーさんは座ってください！」

予想外の反応に戸惑いを見せるそんな二人に、

「バイパーちゃんは真面目なんだからあまり冗談は通じないぞ。お前ら何しに来たんだよ、むさ苦しいからあっち行けよ」

　そう言ってしっしと手を振ると、二人が顔色を赤くする。

「お前何言ってやがる、砂の王から助けた時に約束しただろ！」

「ビアンカちゃんだよビアンカちゃん！　お前が飲み屋で知り合ったっていう、俺達に紹介予定のビアンカちゃんだよ！」

　ああ、そういえばそんな約束だった。

「分かったよ、今日はここで飲みたい気分だから、明日にでも紹介するよ」

「おお、マジかよ！　渋るかと思ったら素直じゃねえか！」

「おい、とんでもねえ地雷女じゃないだろうな？　あの……グリムさんって人みたいなのは勘弁だぞ？」

　俺がアッサリ約束した事で疑いを抱いたようだ。

「いや、すげーいい子だぞ。グレイス王国のオカマバーで一番人気のおっさんだよ」

　殴り掛かってきた二人の攻撃をかろうじて躱しながら、俺はフォークを手にして身構える。

「いきなり何しやがんだこの野郎！　お前ら、頭おかしいんじゃねえのか！」

「なんで逆ギレしてんだよ、どうして攻撃されるんだみたいな顔するんじゃねえ！」

「お前の頭がおかしいんだよ、何がビアンカちゃんだふざけやがって！」

口々にわけの分からない事を叫ぶ理不尽な二人を、一体どうしてくれようかと考えていると。

「あ、あの、六号さん……。それはあんまりではないかと思うのですが……」

なぜかバイパーがそう言いながら、二人に対しておずおずと、

「ビアンカちゃんの代わりにはなれないですが、やっぱり、私で良ければお酌などいたしますが……」

「どど、どうしよう。どうする？　なあどうするよ？」

「本音はお願いしたいとこだけど、そうすると六号以下の存在になるぞ。……しょうがねえ、今日のところはバイパーさんに免じて赦してやるよ！」

俺が赦された流れだが、なぜ怒られたのか分からない身としては納得いかない。

あいつらには後で何か報復をと考えていると、今の騒ぎを見ていた戦闘員達が、面白がって集まってきた。

「そんなお人好しじゃあ悪いヤツに騙されちまうぞ、この俺みたいな男になあ！　特に六号には気を付けろよ、コイツは気が付けば女と知り合ってるハーレム野郎だからな！」

「ああ、それと俺達キサラギは強姦なんてやらかした日には処罰対象になるからよう。六

号に変な事されたら、『強姦されたって訴えますよ』って言ってやんな！　ヒヒッ、そんな規則がなきゃあ、お前さんを放っとかねえんだがな！　ヒヒヒヒッ！」

変な事を吹き込むクソ雑魚共をどうしてやろうか考えていると、バイパーが爆弾を落としてくれた。

「……？　ああ、でも私は、魔族領の住民を受け入れて貰うためなら、そういう事をされても構いませんと宣言していますので……」

シンと静まり返る食堂に、ロゼが一心不乱に食らう音だけが響き渡る。

やがて誰かが転送端末を弄り始め……。

「アスタロト様に報告しないと……」

「止めろコラアアアアアア！　違うから！　それ、俺から言ったんじゃねーし！　バイパーちゃんが自分で勝手に、どんな目に遭わされても構いません、みたいな！」

上にチクろうとした同僚を必死に止めるも、他の連中が疑いの目を向けてきた。

「お、お前は性格もクソだしゴミ屑みたいな男だが、人として越えちゃいけない一線だけはギリギリ守ると思っていたのに……」

「俺まだ何もしてないから、本当だから！　軽いセクハラすらしてないから！　だってバイパーちゃんの場合、セクハラしても甘んじて受け入れそうでやりにくいんだもん！　普通にいいヤツだし、俺もさすがに相手は選ぶよ！」

「嘘吐けコラァ！　美少女が何されてもいいって言ってるのに、手を出してないとかよく言えるな！　お前は大体エロい事ばかり考えてるだろ！　一日二十四時間の内、三分の一ぐらいはエロい事を！」

エロい事を考えている時間はもうちょっと長いかもしれないが、そうじゃない。

俺はバイパーの方を振り向くと、必死に訴えかけていた。

「お願い助けてバイパーちゃん！　俺何もしてないよな!?　セクハラ発言だってまだだよな!?」

「は、はい、六号さんは何もしてません、本当です。六号さんは私が執務室で仕事をしている間、毎日ソファーに寝転がってゲームで遊んでいるだけです。私は、ゲームで謎解きがあると質問されたり、仕事なんて置いて遊びに行こうと誘われるぐらいで……」

援護してくれているようであまり援護になっていないバイパーちゃん。

と、何かをやり遂げた顔の一人の同僚が、

「本部への報告は済ませておいたぞ。これで任務は完了だ」

「お前何してくれてんだ！　さっきから言ってんじゃん、俺何もしてないって！　仕事もしてないのは悪かったけど、何かしようとすると、アリスに邪魔だから遊んでろって言われるんだよ！」

　同僚達が俺からバイパーを庇うように展開し……。

「バイパーさん、コイツに酷い事されてない？　ていうか服の袖が片方無いけど、それって虐められてるの？」

「俺達に相談出来ない事はアリスに報告するんだぞ。アイツはたまにポンコツだが、そういった事には厳しいからな」

「いえ、本当に何もされてはいませんから……！　あと、服の袖は最初からです、コレにはちゃんと理由があって……」

　慌てながら弁護してくれるバイパーに、俺はふと気になり尋ねてみる。

「俺も袖が無いのは気になってた。バイパーちゃんなりの独創的なファッションかなって」

「あっ、ち、違います。魔王パンチを全力で放つと袖が消し飛んでしまうので、利き腕側だけ外してるんです」

　…………。

　魔王に恥じぬその言葉に辺りが静まり返る中。

「だから俺言ったじゃん。何もしてないって言ったじゃん。魔王って絶対強いし、そんな相手に変な事する度胸はさすがにないから……」

俺の小さな呟きに、同僚達が視線を背けた。

4

翌朝。

アジト周辺に広がる街の入り口で、俺はバイパーと共に魔族領の住人達を待っていた。

——昨日はあの後、妙に優しくなった同僚達にお詫びとして地球の物を取り寄せてもらった俺は、今日は朝から上機嫌だ。

「今日はご機嫌ですね六号さん。いい事でもあったのですか？」

「あったといえばあったし、悪い事もあったかな。両方ともバイパーちゃんのおかげだよ」

昨夜の事が原因だと知り、バイパーが何度も頭を下げる。

「昨日は本当にすいません！　私が余計な事を言ったせいで……！」

「俺が仕事してないのは本当だから、気にしなくていいよバイパーちゃん。おかげで新しいゲームソフトがたくさん手に入ったからな」

そう言って携帯ゲーム機を見せびらかす俺に、バイパーは少しだけ困った顔で。

「それはおめでとうございます。その、別のゲームで遊んでも、謎があったら聞いてくださいね」

バイパーはそう言って、ここに来た時より大分明るくなった表情で笑みを浮かべた。

「今度のゲームは謎解き無しのヤツだから、多分大丈夫だ。それに執務室へ遊びに行くのは、あのアホ共が監視を始めたから難しいしな。……おっ、ほんとに来たぞ、魔族領からの住人が。……えっと、どうしたバイパーちゃん？」

なんだかいつもと違うバイパーの様子に、どうしたのか尋ねても首を振られる。

「いえ、住民達が無事に到着したので、安心しまして……」

そう言って少しだけ笑うバイパーに、気のせいかと思い直す。

「そっか、バイパーちゃんはなんつーか本当にいい子だね。ご両親にどんな育てられ方したの？　俺に娘が出来た時のために教えてくれない？」

「え、ええと……。父はひたすらに、強くなれ、冷酷になれ、他者は踏みつけ、踏み躙るものだと言って……」

「ごめんねバイパーちゃん、やっぱ教えてくれなくていいや」

危うく重い話を聞かされそうになり俺は即座に拒絶する。

先代魔王の性格はどうやら情報通りだったようだ。

それがどうしてこんな子が育ったんだろう、これが反面教師というヤツなのか。

と、街の入り口に立つ俺とバイパーに気付いたのだろう。

数多くの人外を引き連れていた魔族の少女が、満面の笑みを浮かべながらこちらに手を振り駆けてきた。

「バイパー様ー！　見た目はお元気そうですが、変わりはないですか？　人族に酷い目に遭わされてはいませんか？」

見覚えのあるその魔族は、確かカミュとか名乗った女の子だ。

「ええ、私は大丈夫よ。久しぶりね、カミュ。……住民達は、やはりトリスに受け入れて貰えなかったのね？」

そう、俺とバイパーがここでこうして出迎えていたのも、アリスから魔族の集団がこの街に向かっていると聞かされたからだ。

バイパーのその言葉にカミュが笑顔を曇らせる。

「それが、その……。こちらをどうぞ……」

手渡された書簡を広げ、バイパーが表情を強ばらせた。

横から覗いて見てみれば……。

「バイパーちゃん、なんて書いてあるのか読んでくれない？」

「バイパーちゃん!?」

この星の字が読めないので頼んでみると、なぜかカミュの方が反応する。

「要約しますと、魔王軍が降伏し魔族の国自体が無くなった今、トリスとの同盟も解消されたものとする、と……」

「つまり難民は受け入れられないって事か。でもまあ、アリスが約束してくれただろ？『住民の命の保障だけは絶対に勝ち取ってやる』って。アイツはこういう事にかけては優秀だからな。だから元気出しなよバイパーちゃん」

「またバイパーちゃん！」

一々カミュが騒ぐ中、バイパーが頭を下げてきた。

「……六号さんには本当に、何から何まで……。これほどまでしてもらって、私はどうやって恩を返せばいいのですか？」

「俺達も人手不足だからお互い様だよ。それに、バイパーちゃんは父ちゃんの後始末をしてるだけだろ？　どうしても恩を返したいって言うならゲームの対戦相手になってくれよ。自由時間の夜とかに同僚と対戦するんだけど、なぜか必ず喧嘩になるんだ」

「わあああああああーっ！」

バイパーに笑いかけると、カミュが俺の耳元で喚いてきた。

「さっきから何だようるせーな！　誰かと思えばサキュバスの子かよ！　今、ちょっと良い話してるんだから邪魔すんな！」

「サキュバスじゃないです、リリムです！　あなたの方こそさっきからなんなんですか、バイパーちゃんバイパーちゃんと気安く呼んで！」

どうやらこのサキュバスは、バイパーちゃん呼びが気に入らないらしい。

「私でよければぜひお相手をさせてください、六号さん」

そう言って微笑む当のバイパーは、まったく気にしていないみたいだが。

「お相手!?　バイパー様、お相手とは何の事ですか!?　ちょっと目を離した隙に、この方と一体何が!?」

一体何を勘違いしたのか、カミュは顔を赤くしながら尋ねるが、魔族の事が最優先のバイパーはアリスを捜しに行ってしまった。

「俺とバイパーちゃんの話聞いてなかったのかよ。夜になったら遊んで貰うって話だよ」

「夜になったら！　遊んで貰う!!」

やっぱこの子、サキュバスだろ。

——その日の夜。

アリスが手早く手配をし、仮設テントを割り振った後、長い距離を徒歩で旅をしてきた魔族達に炊き出しを行う事になった。

そして現在、魔族達にかいがいしくシチューをよそって手渡しているのは……。

「君達は悪の組織じゃなかったの？　なんか、やってる事が真逆なんだけど」

「これも円滑な侵略工作の一環なんだよ。それを言ったらお前だって元魔王軍の幹部だろ。やけに楽しそうに配ってるじゃないか」

すっかりメイド服に馴染んだラッセルが、俺の言葉に反論する事もなくシチューをよそった。

「ほら、これでも食べて早く寝なよ。熱いから気を付けてね。色が真っ黒で怪しいけど、味は普通のシチューだから」

「ありがとうございます、ラッセル様。まさか、遠く離れた異国の地で再びお目に掛かれるとは……」

魔族に礼を言われながら、ラッセルがぶっきらぼうな態度ながらも、満更でもなさそうに頬を掻く。

この炊き出しは一見善行のように思われるかもしれないが、占領地でコレをやるとその後の反乱度合いがかなり減るのだ。

　苦しい時に手を差し伸べられれば人は簡単に信用する。

　たとえ、それが自分達を苦しめてきた敵だとしてもだ……！

「ふへへへへ、キサラギ特製ブラックシチューの前に、身も心も癒やされるがいい。そして、やがては俺達の先兵となるのだ……！」

「一応聞いておくけれど、シチューにヤバい薬は入れてないよね？」

　と、俺とラッセルがシチューを配っていると、クスリと小さく笑う声がした。

　声がした方を見てみれば、一体いつからそこにいたのか、楽しそうに笑うバイパーの姿があった。

「おっと、いくらバイパーちゃんでもコイツの趣味を笑う事は許さないぞ。だってこんなに似合ってるんだ、女装ぐらい良いじゃないか」

「あっ！　すいません、そういう意味で笑ったんじゃありません、ごめんなさい！　……えっ、女装？　ええっ、ラッセル!?　ラッセルなの!?」

「……キ、キメラ違いじゃないかな、バイパー……」

　バイパーが愕然とした味のある表情を浮かべる中、ラッセルは汗を垂らして顔を背ける。

　震える手を差し伸べながら、バイパーがか細い声で、

「キ、キメラがそう何体もいるの？　それに今、私の事をバイパーって……」

「……それは六号が、バイパーって呼んでいたから……」

今の恰好を見られたくないのか、ラッセルは否定を続ける。

「おいラッセル、バイパーちゃんにはお前が女装趣味に目覚めて幸せそうだって伝えてあるぞ。だからもう遠慮しなくていいんだよ」

「お前なんて事してくれるんだ！　別に目覚めたとかそんなんじゃないし！　トラ男や戦闘員の連中が、なんかボクを見て喜んでるからサービスしてやってるだけで……あっ！　ち、ちが……これは違うんだ……！」

ラッセルの発言に、だがバイパーは強ばった笑みを浮かべながらも、

「いいのよラッセル、我慢しなくても。貴方は元々、遺跡で偶然発見されただけのキメラなのに私達に協力してくれました。もう魔王軍は解散したし、戦争は終わりました。だから貴方は、どうか自由に生きてください……」

「待ってバイパー、君は重大な勘違いをしてるよ！　本当は、この服を着るのは嫌なんだからね!?　本心からの言葉だから！」

必死に訴えるラッセルの頭を、バイパーは優しく撫で付けながら。

「大丈夫、とても似合っていて可愛いと思います。ラッセルの事は弟みたいに思っていた

けど、これからは妹として扱いますね」

「ちっとも分かっていないじゃないか！　そっちこそ何だよバイパーちゃんって！　魔王の娘がえらく可愛い呼ばれ方してるじゃ……あっ！　ご、ごめんバイパー、気にしてたんだね、もう言わないから！」

　顔を赤くして俯くバイパーにラッセルが謝るが、

「バイパーちゃんはバイパーちゃんだよ、たまにバイパーさんとも呼ばれてるけど。ところでバイパーちゃんはここに一体何しに来たの？」

「……お、お、お手伝いに……来たのですが……」

「そ、そっか！　じゃあバイパーはこっちに来なよ、ボクがシチューをよそうから、バイパーは皆に配って！」

　気を遣ったラッセルが話を変えようとシチューをよそってテーブルに並べていく。

　列に並ぶ魔族の前でバイパーちゃん呼びされたのが恥ずかしいのか、今にも泣き出しそうな顔ながら、バイパーは健気にシチューを配る。

　泣きそうな赤い顔を見られたくないのか、それともこれ以上からかわれるのを避けるためか、バイパーは俺達と微妙に距離を取っていた。

「ねえ六号、君って本当にバカだよね。クソ真面目なバイパーのあんな顔、初めて見たよ」

「おっと、バイパーちゃんがポンコツと化したのはお前が煽ったからだろう。ていうか、魔王城でのバイパーちゃんはどんな感じだったんだ？」

俺はシチューの入った器を手に取り、それをすすりながら尋ねると、

「バイパーは一言で言えば優等生だ。真面目で頭が良くて優しくて……。引っ込み思案なせいで人付き合いは苦手だけど何かを頼まれれば断れないお人好しで、自分の事は二の次で、責任感が強い……そんなヤツさ。笑ってる顔や泣いてる顔はもちろん、あんなにコロコロ表情が変わる人じゃなかったんだけど……」

「マジで疑問なんだけど、なんでそんな子が魔王だったんだ？」

魔王の娘としてキャラ作りでもしてたのだろうか。

……でも、ここに来る前のバイパーがどんなだったにしろ、お前ほどの変わりようじゃないと思うな。

俺の言葉に、ラッセルは肩を竦め。

「ボクだって知らないよ。先代魔王はとにかく冷酷で強欲で、責任感だけはあったけど。まあ、まさに魔王って人だったよ。そんな人が教育したのに、何がどうなってあんな風に育ったのかボクも不思議でしょうがない」

やっぱ反面教師ってヤツなんだろうか。

……と、そういや魔王といえば。

「なあ、キメラって魔王が好きなの？　なんかロゼがバイパーちゃんに懐いて、一緒にいると犬みたいになってんだけど」

「犬みたいになってるのは本人の気質だと思うけど、魔王と戦闘キメラは何らかの関係があると思うよ。ボクだって意味も無く魔王に仕えたわけじゃない。魔王の傍にいると、何だか心が落ち着くんだよねえ……」

…………。

「ラッセルって先代魔王に仕えてたんだよな？　そんで、先代魔王っておっさんだよな？　トラ男も結構いい年だし、ウチの戦闘員もおっさんが多い。で、おっさんの傍にいると心が落ち着くって、お前……」

「!?　ち、違うからね!?　アレだよ、魔王の血に反応するんだよ！　だってバイパーの傍にいても落ち着いたから！　ボクはおっさんが好きってわけじゃないから！　……待てよ、何でお前もシチュー食ってるんだよ！」

5

翌日。

俺達のアジト街は、魔族領の住人を受け入れた事でにわかに活気付いていた。

まだ建物は出来ておらず、住人が寝泊まりする場所も簡易テントが大半だ。

食べ物だって配給制で、生活必需品も足りない物がほとんどなのだが……。

「うおおおお、なんだコレ！　クモの魔獣がいるぞ、やっつけろ！」

「このクソガキ共が、自分の愛機に触るんじゃねえ、引っ叩くぞ！　あとクモの魔獣じゃなくてデストロイヤーさんだ！」

最近作られたという発電施設の隣では、デストロイヤーに群がる魔族の子供をアリスが追い散らしていた。

やはりどこに行ってもデストロイヤーさんは子供に人気だ。

「お姉ちゃんは何魔族なの？　角と尻尾が可愛いね！」

「ねえ、ブレス吐ける？　私はアシッドブレスが使えるよ！」

「うあー、やめてよー、尻尾引っ張らないでよー。あと、あたしは魔族じゃなくてキメラだよー……」

向こうでは、外見的にそこらの魔族よりよほど魔族っぽい見た目のロゼが、何人もの女の子に纏わり付かれている。

そして、そんな光景を眺める大人達の顔には笑みが湛えられていた。

「ここって一応悪の組織の本拠地なんだけど、みんなニッコニコだなあ……」

「す、すいません……。魔族領はかなり過酷な環境なので、みんなここに来て安心してるんだと思います……」

聞けば、魔族領は家の外を魔獣が闊歩する世紀末感溢れる土地らしい。

ここは大森林に近いとはいえ一応は外壁で囲まれているし、水や食料も豊富にある。

「しかし、デストロイヤーさんやロゼが大人気だなあ。ここにトラ男さんがいれば、子供達にモテモテだっただろうに惜しい事を……」

いや、逆にいなくて良かったのか？

その辺の一線だけは絶対に越えない人だが、本当にどこに行ったのだろう。

「トラ男さん……。あの、とても強そうでいて毛並みがフワフワした方ですか……」

真面目なバイパーもやはり女の子なのか、動物型怪人に興味があるようだ。

「トラ男さんは冬場は重宝するよ。抱き付くと温かいんだ。次に援軍を呼ぶ機会があったら、中国出身のパンダ男さんとオーストラリア出身のコアラ男さんを指名しようか。あの二人もフッカフカだし子供に人気の怪人だよ」

「それはとても楽しみです。ぜひお会いしたいですね！」

そんな和やかな雰囲気の俺達の下に、子供達を追い散らしたばかりの和やかじゃないアンドロイドがやって来た。

「まったく、人も魔族もガキ共は遠慮がねえな。おい六号、城に行くからお前も来てくれ」

お前も子供みたいな見てくれのクセにとは言わないでおこう。

と、アリスに並んでアジト街から出ようとすると、バイパーが呼び掛けてくる。

「……あの、六号さん」

そちらに振り向くと、バイパーは真面目な顔で居住まいを正し。

「本当に、ありがとうございます。あなた方にはいくら感謝しても足りません」

そう言って、深々と頭を下げてきた。

「……そんなにパンダ男さんに興味があるなら、グッズとか送って貰おうか？」

「違います、その事ではありません！　その、こうして皆を受け入れてくれた事です。最初はどうなる事かと思っていましたが、安心しました！」

バイパーはそれだけ言って、デストロイヤーに再び群がろうとする子供達の下へ、注意すべく駆けて行った。

……なんだそっちか。

まあウチとしても労働力が得られるし、彼らに配給する食糧はキサラギ本部から送られてくるから、別に悪い話じゃない。

あと、やっぱり魔族の人は美人が多い。

まだ配給の時にパッと見ただけだが、サキュバスっぽいのがいたし。

……まあ、とはいえ。

「先にお礼言われちゃったしな。交渉の方は頼むぞアリス」

「そっちに関しては任せとけ。出来るだけいい条件を取り付けてやる」

こういう事にかけては頼りになるアリスと共に、俺はティリスの下へと向かった――

「――よく来たな六号。色香に惑わされやすい男なのは知っていたが、まさかこれほどとは思わなかったぞ」

ティリスの部屋の前に案内された俺達は、スノウの失礼な言葉で出迎えられた。

「そうだな。昔魔王軍が城に攻めてきた時も、何でもするからロゼとグリムを助けてくださいって、泣いて頼んできたお前に惑わされたからな」

「くっ……！　あの時は本当にありがとうございました、今でもたまに感謝しています！

……そんな事より！」

スノウはサッと顔を赤くしながら、身を低くして小声になると。

「貴様一体どういうつもりだ。一人や二人ならともかく、元魔王軍の連中を丸ごと受け入れるつもりか？　お前達にはこの国の住人も感謝している。だが、今回の事はさすがに不満を抑えられないぞ。つい最近まで魔族は滅ぼせと叫び戦っていたのだ。お前達の街に襲撃に行く輩が絶対現れるはずだ」

……なるほど、コイツなりに忠告してくれているのか。

しかし……。

「お前は誰に言ってるんだ。襲撃者だろうが魔獣だろうが、来るなら全員ぶっ潰してやる。俺達は悪の組織でキサラギで、戦うのが仕事の戦闘員だぞ」

「いいぞ六号、よく言った。歯向かうヤツは殲滅だ」

「お前達はどうしてそんなに好戦的なんだ！　人手が欲しいというのならこっちで何とかしてやろう。だから魔族の受け入れは止めておけ、周辺国との関係も悪くなるぞ」

普通に考えるならコイツの言う事が正しいのだろう。

そして、まだこの星に関してよく知らない俺達が、これ以上敵を増やすのは愚かだというのも分かるが……。

「すまんな、ウチで制裁対象になっている犯罪者を除いて、キサラギはどんな経歴を持った悪党だろうが、来る者は拒まないんだよ」

「いいぞ六号、よく言った。周辺国が文句を付けたら、それを口実に侵略だ！」

アンドロイドのクセにキサラギで一番血の気が多いアリスにスノウが引く中、部屋の中から声が掛けられる。

「スノウ、その辺にしておきなさい。お二人とも中へどうぞ。その事についてはこれからじっくり話し合いましょうか」

その言葉にドアを開けると、ソファーの真ん中に堂々と座るラスボス……ではなく、ティリスがいた。

今日のティリスにいつもの微笑は一切なく、その事自体が俺達に対する抗議に思える。

俺達と共に入室したスノウがティリスの隣にスッと立ち——

「なあアリス、今日のティリスは雰囲気あるな。周りに誰もいないか確認した後、変なポーズ取っておちんちん祭りって叫んでたヤツとは思えないぞ」

「おい六号止めてやれ。無自覚に地雷を踏み抜くな」

「ティリス様、お気を確かに！　これはこちらの威勢を挫く、ヤツらの手です！」

赤い顔で肩を震わせながら俯くティリスをスノウが庇う。

なぜか悪行ポイント加算のアナウンスが流れる中、使い物にならなくなったティリスに代わりスノウがキッと睨みつけた。

「貴様、卑怯だぞ六号！　誰にだってバカな事をしたくなる時ぐらいあるはずだ！　国政を担っているとはいえティリス様も年頃の少女なのだ、男性のそういう物に興味を覚えるのは仕方がない事だろう！」

「スノウ、もういいから出て行って。お願いだからもう喋らないで」

さらに肩を震わせながらティリスが泣きそうな声を出す。

スノウが追い出されてしばらくすると、ティリスは何事もなかったかのように真面目な表情で顔を上げた。

「六号、これから真面目な話をするからティリスを弄るのはやめるんだぞ」

「分かったよ、コイツ今さら何真面目な顔してんだと思うけど、大人しくしとくよ」

「お願いですから六号様も出て行ってくれませんか！」

なぜか部屋を追い出された俺は、外で待機していたスノウに絡まれた。

「ん、貴様も追い出されたのか。一体何をやらかした？　またバカな事を言ったのだろう」

どこか期待するような表情で尋ねてくるスノウだが、

「おかしな事は言ってねーよ。今さら取り繕っても遅いみたいな事は言ったけど、大人しくしとくとも言ったし」

「私もティリス様を庇ったのになぜ追い出されてしまったのか……。先ほども言ったがティリス様も年頃だ、反抗期というヤツなのだろうか」

そうか、反抗期なら仕方がない、難しい年頃だもんな。

俺は壁を背にしてその場に座り、アリスが交渉を終えるのを待つ事に。

「しかし、お前達は本当に面倒な生き方をしているな。魔族など放っておけばいいものを、どうしてわざわざ受け入れるんだ」

「しょうがないだろ、ウチはそういう組織なんだし。ワケあり難ありを全員拾って今のキサラギがあるんだ、違う星に来たからって変えられるかよ」

スノウは俺の隣で壁に背中を預けると深いため息を吐き出した。

いつもは常に喧嘩腰で俺を苛立たせる女だが、今日はいつになく大人しいな。

「今の状況を分かっているか？　私はこの国の騎士なんだ。ティリス様とアリスの交渉が決裂すれば、場合によっては、私達は戦わなくてはいけなくなるんだぞ」

スノウは顔をそむけながら、どこか寂し気に言ってくる。

「……？　そうだな。でもお前の国ってそこまで強いわけじゃないだろ。厄介そうなグリムは来月にはウチに来るし、ロゼだってもう見習い社員だ。なら、別に問題ないじゃん」

……………………。

「死ねえええええええ！」

「うおっ！　このクソ女、いきなり何しやがる！」

突然斬り掛かってきたスノウから身を躱し、転がりながら立ち上がる。

「テメー、何考えてんだ不意討ち女！　ウチと戦争になった時に備えて今のうちに俺を殺っとこうってか！　なんて汚いヤツなんだ、お前どれだけ属性積めば気が済むんだよ卑怯もんが！」

俺の正当な罵声を受けて、スノウの眉がキリキリと吊り上がる。

「このバカが、貴様にだけは卑怯者呼ばわりはされたくない！　もし戦争になったなら、お前を真っ先に斬り捨ててやる！」

「はああああ？　超強い俺がお前なんかに斬られるわけないじゃん、返り討ちになるに決まってんだろ！　戦場で俺に会ったなら、その無駄にデカいおっぱい寄せてごめんちゃいって媚びながら謝るんだぞ。そしたら降伏を受け入れてやるからな！」

それを聞いたスノウは身を低くして剣を横に寝かせると、ジリジリとこちらとの距離を測り出した。

コイツ本気だ、目が完全に据わってやがる。

「思えば貴様とは妙な付き合いだったな。最初出会った頃は使えるヤツだと思い拾ってみれば、なんとスパイときたものだ。追い出してみればなぜか舞い戻り、助けてくれたかと思えば貴様のせいで地位も財産も失う始末……」

「お前が没落していったのは俺のせいじゃねーだろ強欲女！　でも今ならちょっとだけ謝ってやってもいいぞ！　何なら小遣いをやってもいい！」

俺の小遣いをやる宣言にも拘わらず、スノウは眉一つ動かす事なく構えも解かない。

何がコイツの逆鱗に触れたのか知らないが、手加減出来る相手じゃなさそうだ。

「クソッ、やるしかないのか……！　お前の事は、おっぱいとか体つきとかおっぱいとか顔とか、まあ嫌いじゃなかったよ。俺の強さは知ってるな？　止めるなら今のうちだ！」

「それで本気で説得しているつもりなのが腹が立つ。貴様の実力は理解している。私では負けるだろうという事も。だがこれでも騎士団長に上り詰めた身だ、腕の一本は貰っていくぞ！」

そういえば、この星で最初に出会った現地人はコイツだった。

悪の組織の戦闘員とエロいだけが取り柄の女騎士が、仲良くなれるはずがない。

思えば最初に出会ったあの時から、こうなる事は決まっていたのかもしれないな……。

俺が感慨に耽りながら覚悟を決めると、ティリスの部屋のドアが開けられた。


「お前らさっきから何やってんだ。大事な話してるんだから静かにしとけ」

呆れたようなアリスの言葉に、だがスノウが言い切った。

「悪いがアリス、これは騎士として絶対に」

「うるせー、今すぐ借金取り立てるぞ」

「アリス、お前は引っ込んでろ。このクソ女とはいつか決着をとは思って」

「うるせー、今すぐ小遣い止めるぞ」

そこに現れた絶対的な強者に向けて、俺とスノウは土下座した。

6

アジトへの帰り道。

決闘寸前までいった俺とスノウは、互いにアリスへチクり合っていた。

「違うんですアリスさん、この男が挑発したんです。私は皆のために忠告したのに、コイツが酷い事を言ったんです」

「違うぞアリス、コイツが先に斬り掛かってきたんだ。俺は正当防衛として身を守るために身構えたんだ、それに俺は酷い事は言ってない、おっぱいとか、なんかそんな事しか言ってない」

アンドロイドのクセに、面倒臭いのに絡まれたなあという味のある表情を浮かべながら、アリスがようやく口を開いた。

「喧嘩の原因はどうでもいいから、明日までに仲良くしとけ。というのもティリスとの交渉がまとまって、ウチの街に魔族を住まわせてもいい事になったんだ」

それを聞いたスノウが驚きの表情を浮かべ、俺はガッツポーズを取っていた。

「ざまあみろ、これは俺達の勝ちって事だな！　何が『場合によっては、私達は戦わなくてはいけなくなるんだぞ』だ、ウチのアリスは優秀なんだ、戦争なんかになるわけねーだろ！」

「ぐぬぬぬ……！」

スノウを煽り倒す俺の言葉に、だがアリスが首を振る。

「魔族を住まわせるのには条件がある。そのためにはお前らに頑張って貰わないといけなくなった」

それを聞いたスノウの顔が喜色に変わる。

「フハハハハハ！　何が『俺達の勝ち』だ、ざまあみろ、さすがはティリス様だ！　一体どんな条件だ？　どんな無理難題を吹っかけられたのだ？」

メチャクチャ嬉しそうだなこの野郎！

「何勝った気になってんだ白髪女！　条件次第じゃこっちの勝ちが残ってるだろ、調子に乗んな！」

「条件を出されて、それを呑まされた時点でそっちの負けだ！　外交交渉とは、いかに相手に譲歩させるかで勝敗が決まるのだ！」

争いを始めた俺達に、アリスが呆れたように言ってくる。

「ちゃんと話を最後まで聞け。自分はこう言ったんだ。魔族を住まわせるのには条件がある。そのためには『お前らに』頑張って貰わないといけなくなった、ってな」

「「…………」」

無言になった俺達に。

「魔族をウチに住まわせる条件は、魔族が戦争を仕掛ける原因になった大魔獣、砂の王を駆除する事。ウチが撤退すれば次はグレイス王国が狙われるからな。なら、魔族を使うなり何なりして、砂の王を倒してくれれば住む事ぐらいは認めてやるってよ」

……アジト街がある場所は、元々グレイス王国から貰った土地だ。

グレイス王国としては、俺達に住んで貰うために土地を渡したのであって、魔族に渡したわけじゃないというのも分かる。

しかし、ここのところずっと苦戦中のあのモグラかあ……。

「……フン、せいぜい死なないように気を付ける事だな。砂の王は魔王軍ですら倒す事を諦めた存在なのだ。リリス殿がいれば何とかなったのかもしれないが……」

と、煽っているのか心配しているのかよく分からない事を言い出したスノウに、アリスが言った。

「なに他人事みたいに言ってるんだ。お前も参加するんだぞ」

「えっ」

【中間報告】

モグラが超強いです。

前回リリス様が倒した、森の王とかいうトカゲも目じゃないです。

そもそも銃が効きませんしモリも効果がありません。

鯨モリが刺さらないのでピンチになると地中に逃げるし、音響爆雷で驚かして掘り出そうにも、街を開発中の俺達にそんなポイントはありません。

つきましては、モグラに襲われる事になる切っ掛けを作ってくれた、リリス様の奢りで物資支援をお願いします。

希望する物としましては、対巨大ロボット用戦略地雷、ヒーロー捕獲用ワイヤーネット、その他火力のある武器各種が欲しいです。

あと、弄っていたらなんか勝手に壊れたフィギュアと、同じくなんか勝手に壊れた娯楽室のゲーム機もお願いします。

なぜか壊したのが俺のせいにされていて困っています、助けてください。

報告者　リリス様の忠実な部下、戦闘員六号より

四章

VS砂の王！

1

グレイス王国との話がまとまった。

一つ、グレイス王国は賠償金代わりとして魔族領を領有する事で、住民の奴隷化や虐待は行わない。

二つ、王国は魔族がアジト街に移住する事を認める。

三つ、現時点では大半が砂漠と化した魔族領はほぼ無価値であるため、キサラギは砂漠化の原因とされる砂の王を駆除する事。

四つ、砂の王が駆除されれば魔族領は緩やかに緑化が進むはずなので、これをもってグレイス王国への賠償が成ったものとする。

そして五つ、魔王軍幹部や兵士はキサラギの傘下に入り、住民はアジト街が受け入れる。

とりあえずは魔族を仮の受け入れとし、万が一砂の王討伐が不可能と判断された場合、魔族は送還、この条約は破棄され、グレイス王国と魔王軍の戦争が再開される。

……要は、俺達が巨大モグラをぶっ殺せば全て解決するという事だ。

そして、ようやく話がまとまった今。

その事を戦闘員達に伝えたアリスが、モグラ会議を開き、皆の意見を募っていた——

「トラ男さんがぶん殴った時や、ロゼが火を吐いた時は怯んだんだ。要は火力が足りないんだよ。なら、リリス様を呼ぼう。そもそも、魔王が死んでたのも砂の王が襲ってきたのもリリス様が原因なんだ、あの人に責任取らせよう」

俺の意見に戦闘員達がうんうんと頷く中、その内の一人が手を挙げる。

「いや、あの人はどうせまた何かやらかして、余計な仕事を増やすはずだ。ここはベリアル様を呼ぼう。モグラと一緒に大森林も焼いてもらえば開拓も一気に進むだろう」

なるほど、言われてみればそれもそうだ。

いい考えだとばかりにまたも戦闘員達が頷くが、アリスがこれにツッコんだ。

「幹部連中は呼べねえぞ。先日送った報告書のせいで制裁が追加されたリリス様が、逆ギレして反乱を起こしたそうだ。怪人や戦闘員に決起せよと呼び掛けるも誰も来ず、現在一人で立て籠もり中らしい。最高幹部じゃないと相手にならねえからな、リリス様を取り押さえるまで援軍は無理だ」

リリスらしいといえばらしいが、あの人は一体どこへ向かおうとしてるんだろう。

「なら砂の王に対抗出来る強力な武器が必要になるけど……。お前ら、悪行ポイントは余ってるか？　俺はまだマイナスだから呼べないぞ」

とはいえ今の悪行ポイントは、現在マイナス六十ほどまで回復している。

この調子なら、後数日もすれば転送システムが使えそうだ。

「あのモグラ、対戦車ライフルの弾丸を平気な顔して耐えてたぞ。つまりアイツの防御力は戦車以上って事だろ？　それを突破出来る武器なんてどれだけポイント掛かるんだ？」

「俺、こっちに来てからエロ関係でポイント使いまくってるからな……。コンビニやレンタルショップが無いのが痛えよ……」

「こっちだと、日本産の酒やタバコすらポイント使うしな。そもそもあのモグラ、本当に防御力が高いのか？　魔法バリアを張ってるとかじゃないの？」

それぞれが思い思いに意見を出すが、建設的なものは出てこない。

ワイヤーで編んだ投網はどうだとか、ロゼの炎で怯んだのなら火炎放射器が効くんじゃないか、などの案が出たが……。

こういう時は頭脳担当のアリスが頼りだ。

だが、自然と皆の視線を向けられたアリスは首を振り、

「モグラについては情報が足りねえ。まだ何が効くかは分からねえから悪行ポイントは温存しとけ。一応、この星の素材で罠を作ってはみるが、期待はするなよ。ロケットランチャーに対戦車ライフル、手榴弾に音響爆雷。どれも当たれば怯みはするが、決定打に欠けるからな。しかし、あの防御力は確かにおかしい。魔法バリアなんて舐めた物の存在は認めねえが、色々試す必要があるな」

オカルトの存在だけは頑なに認めようとしないアリスに、戦闘員が茶々を入れる。

「おいおい、つまり打つ手がないって事じゃねーか。いつも偉そうに指図してるんだから、頼むぜ頭脳担当さんよー？」

アリスはそれに頷くと。

「ふむ……。あえて提案しなかったが、全員Rバッソーを装備して突撃するって手があるぞ。アレならさすがに効果はあるだろ。一山いくらの戦闘員なんて減ったところで痛くもねえし、この手でいくか」

「おい余計な事言うな！　アリスは戦時中の作戦指揮権を持ってるんだぞ、やれって言わ

れたら従うしかねえんだからな！」

「俺達の命をなんだと思ってやがるんだ、このアンドロイド血も涙もねえ！」

「コイツなんて事言うんだ、戦闘員だって生きてるんだぞ、モブ扱いするのは止めろ！」

「からかった俺が悪かったよ、だからそれだけは勘弁してくれ！」


――会議が紛糾したせいですっかり陽も暮れ、そろそろ時刻は深夜を回る頃。

人の少なくなった食堂で、巻き込まれた形のスノウがずっとバイパーに絡んでいた。

「なぜ私まで砂の王に立ち向かわねばならんのだ！　ティリス様いわく、キサラギだけで砂の王を倒されると、我が国の面子が云々とおっしゃっていたが……！」

「すいません、本当にもうしわけありません、ごめんなさい！」

酒に弱いクセにバイパーに隣で酌をさせながら、スノウは盃に注がれた日本酒を、チビリと一口舐めてみせると。

「美味し……マズい！　魔王の注いだ酒が飲めるか！」

「すいませんすいません！　そ、それではビールなどをお持ちいたしましょうか……？」

陰湿な嫌がらせにもめげる事なく、ビールを取りに行こうとするバイパーだが、

「ああいや、コレでいい、余計な事をするな！　まったく、貴様らが勝手に代替わりして

いたせいで私の魔王情報も役に立たず、手柄を掴み損ねたのだぞ！　どうしてくれる！」

「勝手に代替わりしてすいません、ごめんなさい！　あっ……。空になったようですが、注がない方がいいでしょうか……？」

　スノウがチビチビと舐めていた盃が空になり、いびられながらも世話をするバイパーに。

「盃が空になったら注ぐのが当たり前だろうが！　だが今は私より、貴様も飲め！」

「わ、分かりました、いただきます……！」

　魔王の注いだ酒が飲めるかと言ったり注げと言ったり、完全に酔っ払いと化しているスノウだが。

「今まで、私を慕うたくさんの部下が魔王軍の者にやられたが、それを飲み干したら寛大な私は赦してやる！　ありがとうを言え！」

「あ、ありがとうございます！　魔族を代表して、飲み干させていただきます……！」

　あんな酔っ払いでも多くの部下を抱えていた元騎士団長だし、魔族には色々と思うところもあるのだろう。

　当のバイパーは嫌がっている様子も見えないし、そっとしとこう。

「たいひょう、バイパーさんを助けなくてもいいんれふか？」

　バイパー達を生温かい目で見守る俺に、隣でタダ飯を貪っていたロゼが尋ねてくる。

「バイパーちゃんはちょくちょく自虐的に自分を責めてる節があるから、ちょっとぐらいいびられた方が救われるだろう。でもバイパーちゃんに戦闘員が絡んでたら囓っていいぞ」

「分かりました。バイパーさんが誰かにセクハラされてたら、その時はガリッといきます」

そんなロゼの頼もしい言葉に頷きながら、ビールを片手にくだを巻く。

やがて食堂に人がいなくなり、そろそろ部屋に帰ろうかと、俺が辺りを見回すと……。


——アジトがズズンと大きく揺れた。


《こんな時間にモグラが出たぞ。全員Rバッソーを持ってアジト前の広場に集まれ。寝ているヤツは叩き起こせ！》

アリスの放送がアジト内に響き渡り、それと同時に廊下を駆ける音がする。

指定された武器がRバッソーなのが引っ掛かるが、俺はテーブルに立てかけておいたソレを手に取ると、

「お前ら行くぞ、モグラ退治だ！　元グレイス王国遊撃小隊の力を見せてやれ！」

「隊長、スノウさんが酔い潰れてます！　あとグリムは蘇生中です！」

ウチの隊の連中はいつも肝心な時に役立たねえな！

と、仕方なくロゼだけを連れて食堂を飛び出すと、なぜかバイパーまで付いてきていた。

「何やってんのバイパーちゃん、危ないからアジトにいなよ」

「いえ、魔族を避難させなければなりませんし、これでも元魔王です。多少は六号さんのお手伝いが出来るかと……」

……大丈夫かなあ、この子自己犠牲ガチ勢なところがあるから、誰かを守って死ななないかなあ……。


「──遅いぞ六号、お前が最後だぞ。グリムはともかく、スノウは一体何してるんだ？」

現場に到着してみれば、アリスの指示で行われたのか、戦闘員達がモグラを取り囲んで長い棒切れを突き出していた。

「スノウは酔い潰れたから置いてきた。アレって一体何やってるんだ？」

戦闘員が握る長い棒はスプーンのような形状になっており、そこに何かが盛られている。

「餌で興味を惹いてる間に魔族を避難させてるんだ。モグラの好物ぐらいは分かる。ヤツにとって、とびきり美味そうなのを作ってみた」

アリスはそう言いながら、何かを書き付けている。

ふと気になって覗いてみれば、スノウに関する事が書かれており……。

どうやらティリスに対する報告書らしい。

スノウの失態をネタにして、交渉の際に譲歩させる気なのだろう。

「モグラが好む餌があるなら罠とかも使えそうだな。地雷でも仕掛けてみるか？」

「ソイツは最後の手段だな。何せお前ら戦闘員は地雷を埋めた場所を覚えられないだろ。絶対誰かが踏む自信があるぞ」

確かに、俺以外の戦闘員は頭が良くない。

モグラより知能が低い可能性のある連中の事だ、間違いなく地雷を踏むだろう。

アリスが集めさせたのか、スポットライトに照らされた砂の王は、突き出された餌に興味を示し、鼻をヒクヒクさせていた。

「あの餌には強力な睡眠薬を混ぜてある。眠らせちまえばこっちのもんだ。あとは麻酔薬漬けにして昏睡してる間に仕留めりゃいい」

言葉を濁らせるアリスだが、コイツは肝心な事を忘れている。

「相手はボスモンスターだぞ、状態異常なんて効くわけないだろ」

そう、ゲームでお馴染みのボス補正だ。

餌に混ぜた睡眠薬で解決するなら、こんな簡単な事はない。

「……なんだボスモンスターって。お前がゲーム脳なのは知ってるが、ここは現実世界だぞ、しっかりしろ」

一瞬フリーズしたアリスだが、呆れた表情で言ってくる。

「アリスこそしっかりしろ。魔王の幹部連中にしろ、そんなんで倒せるのなら最強武器は麻酔銃になる。でも、俺はそういった武器は使おうとしなかっただろ？」

「………………一応、お前なりに考えて戦ってたのか。今まで催眠ガスや麻酔銃を使わなかったのは、この星の生物に地球の薬品が効くかが未検証だからだと思っていたよ」

とはいえ、ゲームによってはボスモンスターが相手でも状態異常が効く場合もある。

Rバッソーで突撃するのは、砂の王が餌を食って様子を見てからでも遅くない。

「……あれっ？　餌の匂い嗅いだけど、見向きもしないぞ？　ほら、やっぱりボス補正だ！　ゲームで状態異常が効かないのはこういう事だったんだよ！」

「そんなわけあるか、薬品は無味無臭のヤツを選んだんだぞ。……いや待てよ？　相手はモグラだったから餌には昆虫やミミズを多めに配合したが……」

砂の王は突き出された餌には目もくれず、近くにいた戦闘員に近付くと……。

ゴリッ。

「きゃあああああああ！　お、俺の対戦車ライフルが！　……コ、コイツ、なんか餌じゃなくて俺の方を見てるんだけど……」

砂の王に襲い掛かられ身を躱した戦闘員が、前に突き出したライフルを齧られた。

しばらくモゴモゴしていた砂の王はペッと何かを地に吐き捨てる。

小さな鉄塊と化したライフルの姿に、戦闘員達が静まり返り……。

その様子を観察していたアリスが、感心したように呟いた。

「……あれだけサイズがデカいんだから、小さな虫に拘る必要もねえよなあ。虫が食えるなら肉も食える。遠慮無く噛み付きにきた様子から、人の味を知ってるみたいだな」

「冷静に言ってる場合か！　可愛い外見のクセに、メチャクチャヤベーヤツじゃねえか！」

暢気な事を言うアリスにツッコみながら、俺はRバッソーを引き抜くと。

「行くぞお前ら、俺が囮になるから斬り掛かれ！　全員Rバッソーを装備しろ！」

一応はここの管理職として、砂の王へと駆け出した。

……攻撃開始——！

2

「キュウキュウキュー！」

「キシャアアアアー！」

——巨大な砂の王が案外可愛らしい声で鳴けば、相対するロゼが牙を剝き出しにして威嚇する。

砂の王の攻撃で戦闘服の一部を切り裂かれた俺は、囮の役目は十分果たしたと判断し、アリスの傍で待機していた。

「すまんなアリス、俺がもう少し粘ればロゼがタイマン張る必要も無かったんだが……」

「こればかりはしょうがねえ、お前は十分よくやったよ」

俺はアリスに甘やかされながら改めて周囲を見回した。

俺が完璧な囮を務めたおかげで、現在砂の王は体のあちこちに傷を負い、キュウキュウ鳴きながらロゼを前に動けないでいる。

弾丸やモリは通じないのに、Rバッソーでの攻撃はちゃんとダメージを与えられた。

となるとやはり、戦闘員達によるRバッソー特攻作戦しか手は無いのだろうか。

……と、砂の王と対峙していたロゼが、妙なポーズを取りながら大きく息を吸い込んだ。

「我が業火の海に沈むがいい！　永遠に眠れ、クリムゾン・ブレスーッッッ！」

「キュッ！　キュウキュウーッッ！」

灼熱の炎を吐き付けられた砂の王は、炎に耐性でも付いたのか怯む事なく大きく鳴いた。

その場でロゼに背中を向けると、両手の爪で地面を掻く。

「ぶわああああっ！　あぶっ、土が口に……っ！」

ロゼが大量の土をぶっかけられ、顔を庇いながら悲鳴を上げたその瞬間。

「キュッ！」

「ッッ⁉」

砂の王の放った横薙ぎのブローがロゼを打つ。

弾き飛ばされたロゼを空中で受け止めた俺は、勢いを殺すため地を転がった。

幸いと言うべきか、爪でザックリやられたわけではないらしく、裂傷などは見られない。

「すいません、体が痛くて動かせません。不甲斐ないです……」

「ここでしばらく休んでろ。お前は俺と同じく、よく頑張った。ご苦労さん。……おら、お前らだらしねえぞ！　俺やロゼみたいに最低限の仕事はやり遂げろよな！」

「そうだな六号。お前さんはよくやったよくやった」

砂の王はやはり耳と鼻の感覚が鋭いのか、ちょっとでも物音が聞こえるとそちらに攻撃を仕掛けるため、魔族が避難を終えるまでは大声でやり取りを行っている。

砂の王の周囲をウロチョロしていた戦闘員達がこちらに向かって罵声を浴びせた。

「おいアリス、六号を甘やかすなよ！　ソイツ、囮になって十秒も保たずに攻撃食らって、速攻で逃げ帰って来ただろ！」

「うるせー、だったらお前が囮をやれや！　俺はアリスにとって特別だからな。俺の頑張りや成果はアリスだけが分かるんだ。そうだよな、相棒？」

「ちょっと褒めとけば簡単に言う事聞くからだよ。よしよし、偉い偉い。魔族の避難が済んだなら、お前にやって貰う事があるからな」

アリスはそう言いながらよしよしと頭を撫でてくる。

何だろう、嫌な予感がするんだが。

……と、今のうちにアリスから離れておこうかと悩んだ、その時だった。

「魔族の避難が終わりました！　お手数をおかけしました、私もお手伝い致します！」

戦闘服すら一撃で引き裂くクローを警戒し、戦闘員達が手を出せないでいる中に、バイパーが息を切らして駆け込んで来た。

ロゼに続きまたもや美少女が前に出た事で、不甲斐なさを感じた戦闘員達が砂の王との距離を詰める。

　魔族が避難を終えた事で、アリスが狙撃が得意な戦闘員に指示を出す。

「おい、砂の王にカッターシェルを撃ち込んでみてくれ」

　ライフルを背負っていた戦闘員は言われるがままに、遠くからのロープ切断等に使うカッターシェルをセットした。

　そして迷う事なく砂の王へと撃ち込むと、カッターシェルは体表を切り裂く事なく跳ね返り、それを放った戦闘員の頭近くを掠めていった。

「Rバッソーの攻撃が効く割りに、斬撃に弱いって事はなさそうだな……」

「おいアリス、あとちょっとで俺の首が飛ぶとこだっただろ！　ちょっとはこっちを気にしろよ！」

　一山いくらの戦闘員が命を大事にと喚く中、アリスがふと顔を上げた。

「なんとなく分かってきた。おい六号、お前ちょっと砂の王を殴ってこい」

　優秀だと思っていたこのアンドロイドは、制作者に似てポンコツだったようだ。

「改造人間の俺パンチは確かに強いが、あんなデカブツに効くわけないだろ。大体、気が立ってるモグラに近付くなんて自殺行為以外の何物でもないぞ」

　やれやれと肩を竦める俺に向け、アリスがしっしと手を振った。

「いいからとっとと行って来い。嫌だと言うなら作戦指揮権を行使してやる」

「お前非情過ぎるだろ！　ちくしょう、一発殴ってダメだったら逃げ帰ってくるからな！」

捨てゼリフを言い残し、砂の王の様子を覗う。

手負いの野生生物は凶暴だ。

砂の王は神経質に鼻をフンフンと鳴らしながら、ちょっとでも動く音を聞き付けるとそちらに向かって爪を振るう。

俺は匍匐前進の姿勢を取ると、そのままジリジリとにじり寄り……。

やがて、こちらを真っ直ぐ見詰める砂の王と目が合った。

固まる俺にアリスが叫ぶ。

「バカかお前は、視力に頼らない相手に匍匐前進は意味がねえだろ、早く立て！」

アリスの大声に注意を削がれたのか、砂の王が振るった爪が俺の頭上を掠めていく。

「うひょっ、危ねえ！　そういう事は早く言えよ！」

逃げ帰って来た俺に、アリスが残念な者を見る目を向けた。

「お前さんの知能を考慮出来なかった自分がバカだったよ。……砂の王にワンパン入れて来られる、度胸のあるヤツは誰かいねえか!?」

そんな事を言われても、完全に警戒態勢に入った砂の王に近付こうなんて物好きは……。

「では、私が行きます」

　静かな声でそう言ってバイパーが駆けていく。

「バイパーちゃん、何やってんの!?　おいお前ら援護しろ！　砂の王の注意を惹くぞ！」

　あっという間に砂の王の懐近くまで踏み込んだバイパーに、俺達は引き留めるよりも注意を逸らす方を選択する。

「オラオラ、こっちだモグラ野郎！　俺を見ろおおおおお！」

「効かないのは分かってるがこれでも食らえ！　改造人間の剛速球を舐めるなよ！」

「煽れ煽れ、言葉は理解出来ないだろうが煽ってやれ！　このモグラ野郎、つぶらな瞳が可愛いじゃねえか、鼻ヒクヒクさせてんじゃねえぞ！」

　大声で煽る戦闘員に、投石を始める戦闘員。

　喚き立てられて煩わしいのか、全員の立ち位置を理解し始めた砂の王が、特に騒がしい俺に鼻を向け……、

「魔王パンチ！」

　バイパーの叫びと共に、砂の王が蹴り飛ばされた――――！

「──やったか⁉」

「魔王パンチスゲえ！　パンチじゃないけど！　飛び蹴りだけど！」

戦闘員が騒ぐ中、蹴り飛ばされた砂の王が混乱しながら起き上がる。

バイパーに蹴られた箇所が痛むのか、砂の王はしきりに横腹を気にしながら警戒の姿勢を取った。

魔王パンチ一発じゃ、さすがに仕留めきれないか。

だがそんな事は分かっていたはずだが、アリスは一体何がしたかったのか。

……と、何かを確信したらしいアリスが叫んだ。

「野郎共、接近戦だ！　砂の王は謎のパワーで遠距離攻撃だけを無効化している。飛び道具以外で攻撃しろ！」

謎のパワーってなんだ、コイツはいきなり何言い出すんだ。

「どうしたアリス、お前もゲーム脳に目覚めたのか？　なら、まずはお前のキャラ作りだ。俺の事はマスターかご主人様と呼べ。あとは語尾にロボを付ければ完璧だ」

「お前は何を言ってやがる、ボス補正ってヤツだ。ゲームではボスモンスターに状態異常が効かなかったりするんだろ？　砂の王をずっと観察していたが、どういう原理か遠距離攻撃だけ無効化しやがる」

言われてみれば、ロゼの火炎放射以外、効いているのは近距離攻撃だけな気がする。

砂の王にワンパン入れて来いって指示も、それを確認したかったからか。

「なるほど、会議で誰かが言ってた魔法バリアが本当にあったのか」

「魔法バリアなんてあるわけねえだろ、謎のパワーだ。……以前、トラ男が殴り付けた時は効いたって言ってただろう。バイパーの魔王パンチやRバッソーも近距離攻撃だ。つまり……鯨モリも、投げ付けるんじゃなく接近してぶっ刺せばいけるかもしれねえ」

頑なに魔法を否定するアリスだが、そのやり取りを聞いていたバイパーが、放置されていたモリを手に取った。

「バイパーちゃん!?　もういいってバイパーちゃん、戻っておいでよバイパーちゃん！」

再び特攻をかけるバイパーに砂の王が警戒を見せる。

魔王パンチが痛かったのか、周りが大きな音を立ててもバイパーから鼻先を外さない。

砂の王が体を起こし両前足を大きく振り下ろすのと、バイパーが懐深くに飛び込みモリを突き出すのは同時だった。

腹に埋め込まれたモリの痛みに砂の王が悲鳴を上げる。

迷う事なく飛び込んだのが功を奏したのか、砂の王が振り下ろした前足の爪は、バイパーの後ろ髪を数本散らせただけだった。

「全員鯨モリを取り寄せろ！　見ての通り、接近すれば効果があるぞ！」

アリスの言葉に戦闘員達の表情が変わる。

弱点さえ分かってしまえば、あとは俺達の出番だからだ。

――と、全員の士気が高まった、その瞬間。

「ピャアアアアアアアアアアア！」

砂の王は甲高くも大きな鳴き声を上げると、自らが開けた大穴に飛び込んで行った――

3

「何やってくれてんのバイパーちゃん、こういうのはやめてくんない!?」

「ごめんなさいごめんなさい！　すいませんでした！　私が勝手な事をしたせいで、砂の王を逃がしてしまい……！」

砂の王が逃走し、怪我人の治療が一段落付いた頃。

俺はアジトの会議室で、バイパーに説教していた。

「それはどうでもいいんだよ！　あのさあ、バイパーちゃんは常識ある美少女っていう稀少生物の自覚はあるの？　ちょっとぐらい間引いた方がいい戦闘員とは命の価値が違うんだよ、自暴自棄になるのはやめてよね！」

「え、ええと……」

俺の本気の説教に困った表情を浮かべるバイパーだが。

「なあ、六号のヤツは自分も戦闘員だって理解して言ってるのか？」

「まあ六号の命よりバイパーさんの命の方が重いのは分かるけどよ。でも、なんか釈然としねえよなあ……」

説教を聞いていたモブ戦闘員達が何やら口々に文句を垂れる中、アリスが資料を机に置いた。

「よし、追い払ったばかりで疲れてるだろうが、今夜はもうヤツが絶対来ないとも言い切れねえ。こういう事はとっとと済ませた方がいい。作戦概要を説明するぞ」

砂の王の特性が分かった以上、取れる手段はたくさんある。

今まで好き放題にやられた分、今度はこっちが暴れる番だ。

「目の前の資料にあるように、一人前の戦闘員を育てるための値段がコレだ。そして、砂の王を倒して得られるであろうメリットを、値段に換算したのがコレな」

なぜ俺達の値段を言う必要があるのだろう。

淡々と説明するアリスだが、既に嫌な予感しかしない。

「作戦は至って単純だ。各自が鯨モリを持って突撃し、ロープを固定して今度こそ逃げられなくした上で討伐する。重機もはね除けるパワーから逆算すると、砂の王を拘束するにはモリを五十本弱撃ち込む必要がある。予想される戦闘員の被害は……三人ってところだな。これなら十分黒字になるから安心しろ。──では、解散！」

「解散じゃねえ！　もっと俺達が死なないような、別の手を考えろよ！」

「お前は高性能で頭がいいんだろ!?　頼みますよアリスさん、被害が出ないヤツをどうか一つ！」

「そもそも俺達に値段を付けるなよ！　っていうか、資料の値段は安過ぎだろ!?」

ギャンギャン騒がしいモブ共に、アリスに代わって言ってやる。

「おい雑魚共、うるせえぞ！　お前らは最前線で戦ってなんぼの戦闘員だろ、死ぬのが怖いなら辞めちまえ、この根性無しが！」

「ああ!?　今日だって真っ先にリタイアした役立たずがなんだとコラ！」

「どうもお前は、自分だけは別だと思ってる節がある。お前も戦闘員だからな？　お前もモリを持って砂の王にぶっ刺すんだぞ？」

相変わらず沸点の低い連中だが、ここはハッキリ言っておくか。

「俺はこのアジトの支部長って事を忘れてるだろ。お前らと俺は別！　もちろんそんな危ない作戦には参加なんて出来ないし、俺がやりたいって言っても、そもそもアリスが止めるだろう。身分の違いを理解しろ、このモブ共が！」

俺がバシッと言ってやると、モブ達が顔を真っ赤にして震え出す。

おっと、これは攻撃色ですね。

「いいぞ、遣り合いたいなら掛かってこい。モグラ戦で疲れたお前らと、ほとんど見学してた俺。どっちが有利か……」

「お前は先駆けとして切り込み隊長をやるんだぞ」

と、俺が言い終わるより早く、アリスが言った。

………………。

「今なんて？」

「今なんてもクソもねえ、お前が最初に突っ込むんだよ。一人だけ未だに旧式の戦闘服使ってるからな、この中では一番硬いし生存率も高いはずだ。十把一絡げの戦闘員だが、犠牲が少ないならそれに越した事はねえからな」

　ちょっ……！

「待てよ、戦闘服が硬いもクソもあるか！　さっきの見ただろ、一撃で引き裂かれたんだぞ!?　大体俺の戦闘服は一旦修理に出さないと……」

「修理なら自分に任せとけ。戦闘服はリリス様が作った物だからな、ここの設備でも一晩もあれば直せるよ」

　こういう余計な時だけ無駄に優秀さを見せやがって！

「頼むよ相棒、もうちょっと安全な作戦でお願いします！　お前はやれば出来る子だ、あるんだろ、もっと他に良いヤツが！」

「今さら泣き言言ってんじゃねえぞ、やれよ六号！」

「そうだ、カッコイイとこ見せてくれよ、支部長様よお！」

　ここぞとばかりに囃し立てる同僚達に、どうやって逆襲するかを考えていると。

「あの……、それなら私が切り込みますが……」

　と、そんな事を言い出したのはもちろんバイパー。

「またこの子はおかしな事言い出した！　バイパーちゃんさあ、もう危ない事はやめてよねって言ったじゃん！」

「い、いえ、ですが……。砂の王打倒は魔族の悲願でもありますし、魔族も命懸けで砂の王と戦ったとなれば、グレイス王国の人達も、私達がここに住む事への抵抗が少しは減るかと……」

一応それなりにちゃんと考えての理由らしい。

しかし、わざわざ元魔王であるバイパーが出る必要があるのだろうか。

この子は最初に出会った頃から、なんというか……。

「……しょうがねえなあ。バイパーも参加するのなら、万が一にも怪我させるわけにはいかねえからな。ここはトラの子を出すとするか」

と、そんなアリスの言葉で俺は思考を中断される。

「……トラ男さんが何だって？」

「トラ男の話なんてしてねえよ。アイツはどっかへ遊びに行っちまったろ。本来、敵前逃亡は重罪だぞ」

そう、砂の王の最初の襲撃からトラ男の姿がずっと見当たらないのだ。

とはいえ、何も言わずにトラ男がいなくなるのは、実は珍しい事ではない。

「トラ男さんもネコ科だからな、気まぐれなのは本能なんだ、赦してやれよ」

「怪人を本能のまま自由にさせてたら、お前は怪人クモ女やカマキリ女に食われてるぞ」

それってもちろん性的な意味でって事だよな。

ロゼみたいな肉食系女子は一人だけで十分だぞ。


……と、その時だった。

会議室のドアが開けられ、何かを背負った人物が現れる。

「ようお前ら、待たせたにゃあ」

そこにいたのは、まさに今話題に上っていたトラ男だった。

今までどこに行っていたのか、その姿はボロボロだ。

「おお、トラ男さんが帰って来た！　おい見ろよあの恰好！　砂の王に対抗するため、きっとどこかで修行してたんだぜ！」

「なるほど、トラ男さんを砂の王にぶつけるのか、いけそうだな！」

「怪人は頑丈だからな、いけるいける！」

「トラ男さん、お願いしゃーっス！」

一気に沸き立つ戦闘員に、トラ男が首を傾げる。

「何の話だ、俺は目的があって旅してたんだ。……バイパーさん」

「は、はい!?　ど、どうしましたか？」

語尾のにゃんを付ける事なく真剣な表情のトラ男に、皆にかいがいしくお茶を淹れていたバイパーが顔を上げる。

「バイパーにゃんに、プレゼントだにゃん」

トラ男はそう言って、背負っていたリュックの中身を渡した。

「……これはまさか魔導石？　というか、こんな大きな物は見た事がありません。しかも、よほど長い年月魔力を注ぎ続けたのか、とてつもない力を感じます……！　でも、どうしてこのような物を私に……？」

そんな物をどうしたんだと疑問に思っていると、全身傷だらけのトラ男は、いつになく真面目な顔で。

「コイツはドラゴンからぶん捕った魔導石だ。なあバイパーさん、こいつなら……。俺を小学生に戻せるかい？」

「無理です、ごめんなさい」

バイパーの即答に、部屋の隅でふて寝を始めたトラ男。

「どうするんだよアリス、トラの子さんが拗ねちまった！」

「ちくしょう、もうダメだあ、おしまいだあ！」

「すいませんすいません、私が悪いんです、ごめんなさい！」

途端に阿鼻叫喚の巷と化した会議室に、アリスの呆れた声が響き渡る。

「落ち着けアホ共、トラ男じゃなくトラの子だっつってんだろ。全員自分に付いて来い」

——アリスに案内されたのは、少し前にアジトに建てられた謎の施設。

これが何なのかは誰も知らず、建物の中からたまに泣き声らしきものが聞こえてくるので、お化けに弱い俺達戦闘員は近寄らないようにしていたのだが……。

「アリス、ここはやめておけ。夜な夜な女の泣き声が聞こえるそうだぞ。一説では、結婚出来ない事に悲観した女が、世を呪いながら自殺したとか何とか……」

「お前らは本当にバカなんだなあ……。ここのアジト自体がつい最近出来たのに、なんでそんな噂が流れてるんだ」

アリスは怯える俺達に呆れた視線を向けながら、謎の施設の扉を開けた。

……と、それと同時に中から女の泣き声が聞こえてくる。

噂通りの現象に、怯えながらも中を覗けば——

半泣きで手の先から炎を生み出し続ける、元魔王軍四天王、炎のハイネがそこにいた。

「ここはアジト街の発電所だよ。施設の隣にデストロイヤーさんが休んでるだろ？　せっかくハイネを手に入れたから火力発電所を作ったんだ」

なんという鬼畜施設、やはりこのアンドロイドには血も涙もないらしい。

俺達に気付いたハイネは、炎を生み出す作業はそのままに、顔だけをこっちに向けて泣き出した。

「もう炎を出すのは嫌だ！　なあ六号、助けてくれ！　四六時中ここでお湯を沸かす作業はもう飽き飽きなんだよ！」

とうとう自分のアイデンティティーを全否定しだした炎担当の四天王。

「お前の就職先ってここだったのか。やったじゃないか、エロい体じゃなくてちゃんと能力を買われてるぞ」

「こんな生活が続くなら、エロい仕事の方がまだマシだよ！　……ご、ごめん、嘘、嘘だからそんな目で見るのはやめて……」

同僚から飢えた獣のような視線を浴びて怯えるハイネ。

そういえば、ハイネがここに来た頃から電力の使用制限が無くなったな。

それを考えると、コイツを今の仕事から外すのは考え物だが……。

と、泣き言を零していたハイネに向けて、アリスが言った。

「いいからとっとと発電しろ。デストロイヤーさんのエネルギーを満タンに出来たら十日に一度は休みをやるよ。労働時間も一日十五時間まで減らしてやろう」

一体どこのブラック企業だという条件だが、ハイネは表情をパアッと輝かせ、

「ほ、本当か!? 嘘じゃないよな、信じるぞ!?」

そんな過酷な条件にも拘わらず、喜ぶハイネが憐れみを誘う。

……いやよく考えたら、命懸けの仕事な上に長期任務だと休みもなければサバイバル生活当たり前の俺達も、結構なブラックだな……。

「それで、満タンってヤツにするには、あとどれぐらい炎を出せばいいんだ?」

「この分だと一月以上は掛かるんじゃねえかな」

無慈悲な言葉に、浮かれていたハイネが崩れ落ちる。

と、希望を持たせて落とされたハイネに、もう一度希望を持たせる者がいた。

「あの……。ハイネにコレを使わせるというのはどうでしょうか……?」

バイパーがそう言って、トラ男に貰った魔導石をおずおずと差し出し、それを見たハイネの顔が驚きの色に染まる。

「な、なんて強大な魔導石……! バイパー様、これほどの物を一体どこで……?」

恐る恐るそれを受け取りながらハイネが尋ねる。

「トラ男さんが、ドラゴンから奪って来た、と……」

「ドッ!? じょ、冗談ですよね？　ドラゴンは、ヘタすれば砂の王や森の王を超える大魔獣です。そんな存在相手にどうやって……」

そういえばさっきは流してしまったが、よりにもよってモンスターの王様ドラゴンだ。

トラ男がどうやってそんな怪物を相手に渡り合えたのか、この場にいるキサラギ関係者だけは予想が付いた。

怪人は、死ぬ寸前まで追い詰められると巨大化する事が可能になる。

それは命を激しく削る切り札であり、ヒーロー達が巨大ロボなんて物を作り出す事になった切っ掛けでもある。

トラ男はそこまでして小学生に戻りたかったのだろう。

ちっとも理解出来ないし、したくもないが、漢というヤツを見させてもらった。

「バイパー様、ありがとうございます。これなら凄まじい炎を生み出せます。……そして六号。お前らに、元魔王軍四天王の力を見せてやるよ！」

ハイネはそう言って拳を握ると、不敵な笑みを浮かべて見せた――

4

ハイネがやる気を見せた、その翌日。

「暑い！」

火力が増した発電所にて、全身を汗まみれにしたハイネが当たり前の事を叫んでいた。
ドラゴンの魔導石を使い、本気になったハイネの炎は凄かった。
どれぐらい凄いかといえば、アジト街の気温が数度ばかり上昇するレベルだ。
そして、それ以上に凄いのが……。

「……いやお前、炎担当の四天王じゃなかったのかよ」

汗に塗れてエロさが凄い事になっている、ハイネの尻へと語りかけた。
こういったヤツはゲームだと、むしろ炎の中で活性化すると思うのだが。

「何言ってんだ、水のラッセルだって池に沈めば溺れるぞ。そりゃあ多少は、他のヤツより炎に耐性はあるけどさ……。そもそも、なんでアタシがこんな服装してるか考えなよ」

ハイネはそう言って、怠そうにしながら自らの体を見せ付けてくる。

「エロい恰好で敵を誑かして油断させるんだろ？　女型怪人は大体みんなやってるよ」

「違うよ、暑いからだよ！　あと、服に燃え移らないようにしてるんだ！」

四天王のエロ担当かと思ったら、一応ちゃんとした理由があったのか。

……と、勝手に付いてきていたスノウが、なぜか気まずそうに視線を逸らした。

「お前の恰好についても意味があるなら聞いていい？」

「……魔王軍の大半を構成しているオーク兵やゴブリン兵は、相手が女だと生かしたまま連れ帰ろうとするからな。露出を多くしておけば、獲物を極力傷付けまいとして生存率が上がるのだ。我が国の女兵士が兜を被らないのも女であると分からせるためだ」

ウチの女型怪人と似たような事やってんな。

「お、おい、オーク兵やゴブリン兵を性獣みたいに言うなよ。アレでいいヤツが多いんだぞ。っていうか女を武器にするとか、狡いなお前……」

「せ、戦争に狡いもくそもあるか！　命が懸かっている中で使える物を使って何が悪い！それに、貴様にしても女を武器にしているだろうが！」

暑い発電所内には入りたくないのか、施設内のドアの陰からスノウがビッと指を差す。

「ア、アタシが女を武器に⁉　ふざけるな、何時そんなマネをした！」

「今もこうして生きている事だ！　貴様が男だったなら、六号にあれだけ何度も見逃されず、今頃しっかりトドメをさされているはずだ！」

その言葉に、ハイネが俺を見てキッと睨み付け。

「おい六号、アタシの質問に答えてくれ。あんた、もしアタシが」

「野郎だったら遠慮なくぶっ殺してたぞ。当たり前じゃん、ウチの組織はただでさえむさ苦しいのが多いんだ。日頃から、戦闘員はちょっと間引いた方がいいって思ってるからな」

最後まで言い終わる前に答えると、ハイネがドン引きの表情で言ってくる。

「……そっか。一応、女で良かったと思った方がいいのかね……。はあー、それにしても暑いな、ちくしょう……」

ハイネはげんなりしながらも作業に戻った。

「で、なんでお前らはここに来たんだ？　仕事の監視なら必要ないよ。待遇が良くなるってのもあるけど、アタシが充電とやらを終えたなら砂の王を倒せるんだろ？　憎いアイツを倒せるのなら、手を抜くなんてしやしないさ」

真剣な顔でそう言うと、ハイネはボイラーを熱するために、手を突き出し炎を生み出す。

「いや、特にやる事もないし、汗だくでエロい尻でも拝んどこうかなと」

「帰れよ！　スゲー邪魔だからあっち行けよ！　人のケツ見てんじゃねえぞ！」

ハイネが罵声を飛ばしてくるが、今のコイツは奴隷ちゃんだ、俺が言う事を聞いてやる理由もない。

その場に体育座りをして尻を眺め続ける俺を見て、ハイネは呆れたように息を吐いた。

「……このバカはどうでもいいとして、あんたは何の用でここに来たんだ？」

自分に向けられた質問に、スノウはにんまりと笑みを浮かべ、

「貴様がここで酷使されていると聞いたものでな。私は王国の騎士として、国を守る義務があるのだ。魔族は信用ならないからな、監視を怠ったりするものか」

「国を守る義務とか言っといて、昨夜砂の王が襲って来た時、お前酔い潰れてただろ」

スノウは俺のツッコミに一筋の汗を垂らしながら、それをごまかすようにパタパタと、わざとらしく手で扇いで見せた。

「話に聞いていた通り、暑いなここは……。こんな時こそ氷菓子だな。先ほど食堂で貰って来たのだが、こうした場所で食べると一際美味いと思ってな」

……なるほど、コイツがここに来た理由がやっと分かった。

「氷菓子って……。お、おい、ここでそんなの食うなよ、せめてアタシが見てないところで食えよ！」

「どこで何を食べようが私の勝手だ！　ああ、コレが食べたいのか？」

スノウはスプーンでカップアイスをほじくりながら、ハイネの目の前でそれを頬張る。

そして、わざわざ用意してきたらしいもう一本のスプーンを取り出すと、それにアイスを載せてハイネの口元へ近付けた。

「ほら、あーん」

スノウは微笑みを浮かべながら、優し気な声でそれを差し出す。

「えっ⁉ あ、いや、その……。そ、それじゃあ、あー……」

「おおっと！ さすがは炎のハイネ、何という火力だ、アイスが溶けてしまった！」

ワザとゆっくり運ばれたアイスは、ハイネの口に入る前に溶けていた。

「……自分で食べるからそれ寄越せ」

「食わせてやるのは一口だけだ。そしてその一口は、もう溶けてしまったな。ハハハハハハハ！ いいぞいいぞ、その表情！ もっと私を楽しませてくれ！」

悔しそうな顔で震えるハイネに、スノウが自らの体を抱き締め笑い出す。

魔剣を溶かされたり他にも確執があったとはいえなんて陰湿なヤツなんだ。

……俺が言えた義理じゃないけど、この女は完全に性根が腐ってやがる、もうダメかも分からん。

「お前らは何なんだ、今のアタシは砂の王を倒すために働いてるんだぞ！ それを邪魔するお前らの事は、後でアリスにチクってやるからな！」

コイツ、まだここに来て日が浅いクセに早くも俺達の力関係を把握してやがる。

俺とスノウは、互いに顔を見合わせ頷き合うと……。

「今日のところはこのぐらいで勘弁してやる。明日はもっと尻を強調するんだぞ！」

「貴様には溶かされた愛剣の分だけ役に立ってもらうからな。明日からは覚悟しておけ！」

そんなチンピラみたいな捨てゼリフを残しながら、火力発電所を後にした——


——○月×日。

ハイネにチクられた俺は、アリスからの小遣いを止められた。

その事について抗議するため、火力発電所へやって来たのだが……。

「おうおう、やってくれたなハイネさんよお？　おかげ様でアリスから小遣い貰えなくなったじゃねえか」

「まったくだ。私もアリスに借りている金を、今すぐ返すか土下座して謝るかと言われ、下げたくもない頭を下げさせられたのだぞ」

「お、お前、あんな子供に小遣いなんて貰ってたのか……。あと、子供に借金して土下座するとかどうなってんだよ……」

ドン引きするハイネだが、その原因を作ってくれたのはコイツなのだ。

「他人事みたいに言ってるけど、今日はお礼参りにやって来たぜ！」

「ああ、覚悟する事だ。ククク、魔族は敵だ！　よし六号、例の物を！」

俺はスノウに言われるままに、アジト本部から持ち出してきたヒーターを置いた。

今日も炎を生み出しながら、ハイネがそれを見て首を傾げる。

「コイツが何か分かるか、ハイネ！　これは俺達の国の暖房器具だよ！」

「ただでさえ暑いこの場所を、さらに暖めてやろうというわけだ！　ククク、貴様は仮にも炎を司った幹部なのだ。まさか、やめてくださいとは言わんだろうなあ？」

ヒーターの前に屈み込み不敵な笑みを浮かべる俺達に、ハイネが困惑気味の表情で。

「お前ら昨日の今日で懲りてないのか？　アタシの邪魔するとまたアリスに怒られるぞ。それとも、上手い言い訳でも考えたのか？」

「へへへ、そもそもお前の仕事を邪魔してるってのが間違いなんだよ。俺達はここで暖を取っているだけだ。俺達がどこで暖を取ろうが勝手だからな！」

「その通り、これは嫌がらせではなく温まっているだけだ。ハハハハハ、これが人類の知恵というヤツだ！　せいぜい苦しむがいい、炎のハイネ！」

俺達の考えた完璧な言い訳に、ハイネが呆然とした顔で固まった——

――十分後。

「……おいお前ら、顔が真っ赤だけど大丈夫か？　滝のような汗だけど、水分を取らないと危ないぞ？」

軽く汗をかく程度のハイネに対し、俺とスノウは暑さで意識が朦朧としていた。

「……お前、なんでそんなに平気そうなの？」

「いや、暑い事は暑いよ。でも、多少は炎への耐性があるって言ったろ。……っていうか、ソイツ大丈夫なのか？」

ハイネに言われてスノウを見れば、真っ赤な顔でボーッとしている。

俺は耐寒、耐熱効果のある戦闘服のおかげでまだ耐えられるが、コイツはそろそろ危険信号だ。

問われたスノウはハッと我に返ったかと思うと、自分でもこれ以上はヤバいと思ったのか慌てた様子で立ち上がる。

「きょ、今日のところはこれぐらいで勘弁してやる！　……行くぞ六号、これ以上ここにいては死んでしまう！」

「ちくしょう、覚えてやがれ！」

フラフラとよろめくスノウと共に、俺はマニュアル通りの捨てゼリフを吐き、ヒーターを背負って部屋を出る。

ドアをくぐったその瞬間、後ろからハイネの呆然とした呟きが聞こえてきた。

「……アタシ、マジでこんな連中に負けたのか……」


——〇月□日。


「差し入れに来ました。どうですかハイネ、仕事は辛くないですか？」

アイスを持ったバイパーが励ましにやって来た。

「バイパー様、今のところは大丈夫です！　暑さにも慣れてきましたし、アレが仕事の邪魔してきたなら、遠慮なく焼いていいと許可も貰いましたので」

俺の方を指差しながらハイネが言った。

人をアレ呼ばわりしてくれたハイネは、差し入れされたアイスを口に入れ、パアッと表情を輝かせた。

「ここの連中はほとんどがろくでなしですが、食べ物に関しては最高ですねバイパー様」

「そうね、食べ物は本当に美味しいわね。でも、ここの人達はいい人ばかりよ？」

節穴の目を持つバイパーの言葉に、同意すべきかと悩みだす。

バイパーに対しては忠実さを見せるハイネだが、これだけは譲れないようだ。

「それで、六号さんはここで何を？」

「ハイネを監視してるんだよ。……ってのは建前で、俺がいれば他の戦闘員からちょっかいかけられないと思ってな。あいつらは女に餓えてるから何をするか分からないし」

「アタシとしてはあんたが一番何しでかすか分からないんだけど……。てか、今もどこ見てんだよ……」

ハイネの失礼な物言いに、俺は視線を背ける事なく、

「お前の尻に決まってるだろ。そんな裸みたいな恰好しといて、まさか見るなとか言わないだろうな。キサラギの奴隷ちゃん扱いになった今、お前の尻は皆の尻なんだからな」

「いや、見るなよ。アタシの尻はアタシのもんだ。……バイパー様、これでもいい人ばかりっておっしゃいますか？　コイツはヤバいヤツなので、近付かない方がいいですよ」

そんな俺達のやり取りにバイパーがクスリと笑い、

「二人とも、なんだか気が合うように見えますけどね」

「いくらバイパー様でもあんまりですよ。この男はアタシの敵です」

「いいぞ、掛かって来い。これからはウチの下っ端としてこき使う以上、お前とはキッチ

リ決着を付けてやる」

　バイパーの目はやはり節穴らしい。

　ロゼと一緒にいた時もなんだか兄妹みたいだと言われたし、世間知らずというヤツなのかもしれない。

「……お前、正気か？　ドラゴンの魔導石を持った今のアタシに、人間風情が勝てるとでも思ってるのか？」

「あーあ、コイツ人間風情なんて言っちゃったよ。悪の組織マニュアルにある、言っちゃダメなセリフを言っちゃった。お前の負けは確定したな」

「………………」

「言ってる意味は分からないが、アタシをバカにしてるのだけは理解した。そんなに言うなら表に出な！　ドラゴンの魔導石で消し炭にしてやる！」

「上等だコラァ！　こっちには元魔王のバイパーちゃんがいるからな、元四天王のお前程度に負ける気しねーよ！」

「ええっ⁉」

　自然な流れで参戦する事になったバイパーが驚きの声を上げている。

「な、なんでバイパー様が出てくるんだよ！　お前とアタシのタイマンだろ⁉」

俺は親し気にバイパーと肩を組むと、

「バイパーちゃんバイパーちゃん、君の元部下が俺に絡んでくるんだけどさ、厳しめに注意してくんない？　これじゃいつ襲われるのかと、怖くて夜しか寝られないよ」

「ええと……ハイネ、六号さんに絡むのは……」

「バイパー様、ソイツの適当な言葉に惑わされないでください、絡んでくるのはあっちです！　つーかお前、バイパー様に気安く触るなよ！　これ以上邪魔するならアリスにチクってやるからな！」

顔を真っ赤にして抗議するハイネだが、アリスにチクられるのはちょっと困る。

「仕方ない、今日のところはこれぐらいで勘弁してやる。バイパーちゃん、暇になったから遊んでくんない？　二人きりでいつものヤツをさ」

「はい、私でよければ喜んで！」

そろそろあのクソゲーをクリアしてスッキリしたい。

いい返事で了承してくれたバイパーを連れてその場を後にしようとすると、ハイネが慌てたように言ってくる。

「バ、バイパー様？　その、二人きりで行うという、いつもの遊びとは一体……」

バイパーの肩に手を置いていた俺は、なぜか挙動不審な動きを見せるハイネを振り返り。

「別に大した事じゃない。バイパーちゃんに教えて貰いながら色々やるだけだよ。よし、サッサと済ませてスッキリしたいから早く行こう」

「そうですね。最初はよく分かりませんでしたが、最近では私も楽しくなってきました」

「!?」


――○月△日。

モブ戦闘員の一人が叫んだ。

「えっろ！　ハイネさん、えっろ！」

俺の癒しスポットだった発電所には、仕事をサボった戦闘員達が所狭しと並んでいる。

「ああ、褐色肌の巨乳ねーちゃんが汗だくで……」

「この星に来て良かったなあ……。俺、もう地球に帰りたくねーや」

そんな声を聞きながら、赤い顔をしたハイネが八つ当たりのように炎を生み出していた。

そして、ハイネの傍で機嫌良さそうな高笑いを上げているのは――

「ハハハハハハ！　見ろ六号、大儲けだ！　どうだ、上手い商売を考えただろう！」

見物料が入った箱を抱き締めながら、スノウが蕩けた笑みを浮かべていた。

この女はハイネの尻を見世物にし始めたのだ。

これには俺も、上手い商売だと言わざるを得ない。

と、黙々と炎を生み出していたハイネがポツリと言った。

「……一応言っとくけど、アタシの尻を売り物にするなら分け前寄越せよ」

見学されるのは仕方ないと諦めたのか、せめて利益を得る事にしたようだ。

さすが元四天王とでも言うべきか、コイツも案外逞しいのかもしれない。

そんなスノウとハイネのやり取りを、モブ戦闘員達は行儀よく、横並びになって体育座りで見物していた。

「俺、次のキサラギ幹部アンケートはハイネさんに入れるわ。あの子も一応幹部じゃん、元が付くし、魔王軍の、だけど」

「俺も俺も」

「ていうかあの子、キサラギの奴隷ちゃんらしいぞ。つまりエロい事出来るって事か？」

「この星では奴隷ちゃんにエロい事しちゃダメなんだってさ」

「エロい事しちゃダメな奴隷ちゃんって、それもう奴隷ちゃんじゃないじゃん！　俺達はなぜハイネさんを捕虜にしなかったんだ、尋問と称して色々出来ただろ！」

「バカバカ、六号のバカ！　お前ならもっと上手くやれただろ！」

好き勝手に言いたい事を言うモブ戦闘員。

「俺のせいじゃねえよ、リリス様が原因だよ。リリス様が何も考えずに魔王殺したから、こんなややこしい事になったんだよ」

「次のアンケートでは、リリス様にマイナスポイント入れてやろう」

「俺も俺も」

「お前らいい加減うるさいぞ、邪魔するんならあっち行け！　アタシは真面目に働いてんだよ！」

とうとうキレ出したハイネだが、そこにバイパーが差し入れを届けに来た。

仲良く体育座りをする戦闘員達の姿に、バイパーが思わず首を傾げる。

「ど、どうしたのハイネ？　この状況は一体何が……」

「バイパー様、こいつらアタシの尻を見世物にして喜んでるんです。そこの白髪女なんて、見物料まで取り始めて……！」

バイパーに言い付け始めたハイネだが、スノウはそれを鼻で嗤う。

「フッ、戦争に負けた魔族を見世物にして何が悪い。貴様の尻が稼いだ金は、我が国の戦争被害者への補償に充てさせてもらう。それなら文句は無いだろう」

色々ぶっ飛んだ言い分だが、賠償金がちっとも足りていない事に負い目があるのか、ハイネは悔しそうな表情を浮かべ押し黙る。

口ではまともそうな事を言っているが、スノウの考えは分かっている。

魔剣を失った自分も戦争被害者だとか言って全額ネコババする気だろう。

だが、そこで予想外の事が起こった。

「……なるほど、そういう事ですか。でしたら、ハイネの代わりに私が脱いで見世物になりましょう。それで得たお金を被害者の方々に——」

バイパーはそう言いながら、迷う事なく身に着けていた服に手を掛けて……、

「この子いきなり何やってんの⁉　バイパーちゃんさあ！　バイパーちゃんさあ‼」

「バイパー様、この白髪女が言う事を真に受けないでください！　……あっ！」

「スノウさんが金持って逃げたぞ！」

「きっと、予想以上に事が大きくなったから怖くなったんだ！　誰かアリスを呼んで来い、この事全部チクってやれ！」


——○月○日。

これ以上邪魔されるのは砂の王討伐に支障をきたすとして、ハイネの護衛役に傷が癒え

たロゼが配置された。

というか、ロゼも一緒に炎を噴いて発電を手伝っている。

ハイネが自らの周りに囲いを作るという知恵を働かせたため見学者もいなくなった。

俺はといえば、未だに小遣いを止められているおかげで遊びにも行けない。

スノウがこないだやっていた、ミピョコピョコの卵の採取でもやってみようか。

奢ってくれそうなグリムも未だに死んでいるようだ。

デストロイヤーさんの充電率は現在八十パーセント。

もちろんこのままでも動けるが、デストロイヤーさんは製作者の好みによりエネルギー量で実力が変化する仕様なので、出来れば百二十パーセントの力で戦ってもらいたい。

来る日も来る日もハイネが炎を生み出し続け、攻略中のあのクソゲーがバイパーの協力のおかげでそろそろ終盤に差し掛かった頃。

デストロイヤーさんの充電が満タンになった——

【中間報告】


アジト街の拡張は順調です。

最近では浄水施設と火力発電所が建設され、俺達の暮らしは日々進歩していってます。

どちらの施設もとてもエコで費用も掛からず助かっています。

デストロイヤーさんの充電が完了したので、明日、砂の王を倒しに行きます。

ハイネ基金というものが設立されて、戦争被害者に配られる事になりました。

アリスの発案でスノウ基金というものも作られましたが、そっちはあまり集金具合が良くないです、モデルの差が大きいのだと思います。

リリス様に、あのクソゲーがちょっとだけ楽しくなってきました、続編があるのなら送ってくださいと伝えてください。

でも、ゲームの謎解きでフェルマーの定理が出てくるのはあんまりだと思います。

バイパーちゃんが長時間悩んだ挙げ句、アリスに目の前で速攻で解かれ、役に立てなくてすいませんと自虐を始めて大変でした。

それでは、砂の王を倒したらまた連絡いたします。

報告者　戦闘員六号

最終章

悪党共の生誕祭

1

アジトから離れた荒野にデストロイヤーさんの巨体が異彩を放つ。

周りに誰もいないこの場所が砂の王との戦闘予定地だ。

予定地には、砂の王の足止め用としてワイヤートラップがいくつも置かれ、真ん中にアリスが調合した餌が置かれていた。

「隊長、アレちょっとだけ分けてもらうわけにはいきませんか」

「アレは砂の王用の餌なんだぞ。なんでも食べると腹壊すぞ」

荒野に置かれた餌を、指をくわえたロゼが物欲しそうに眺めている。

今回は総力戦という事で、未だ蘇生出来ていないグリムを除き、戦える連中が勢揃いしていた。

……と、ひもじそうなロゼを見かねたのか、バイパーが何かを取り出し。

「六号さんにカロリーゼットという物をいただいたのですが、もしよろしければ」

「いただきます」

バイパーが言い終わる前にロゼが携帯食へと手を伸ばす。

すっかりバイパーに懐いたのか、寝る時は大体バイパーの所にいるようだ。

やはり魔王の血族からは、キメラが好む匂いでもするのだろうか。

……と、俺達の仕掛けた罠に、なぜか嫌そうな視線を送っていたハイネが言った。

「……なあ六号。昔、アタシ達が城を攻めた時、魔導石が目の前で爆発した事があったんだけどさ。アレってお前が仕掛けた罠なのか？」

「……？　そんな事した覚えはないんだけど」

「あれっ？　そ、そうか。嘘吐いてる風には見えないし、わ、悪かったな……？」

どこか納得いかなそうな表情で、ハイネが俺に謝ってくる。

そんな俺に対し、なぜかアリスが珍しい物を見るような目を向けていた。

「なあアリス、その目で見るのはやめてくれない？」

「……おう、すまんな。お前さんの記憶容量は一体どれぐらいなんだと思ってな」

よく分からない事を言うアリスを尻目に、荒野に広がるトラップの位置を確認する。

ワイヤートラップは足が触れると即座に締まり、対象を雁字搦めにする代物だ。

配置されたそれらを眺めながら、アリスが満足そうに頷いた。

「今回の餌は肉食獣に好まれる成分で作ってみた。これならきっと砂の王も」

と、アリスが言い終わる前に、ガシャンという音が鳴る。

音の方を見てみれば、餌に釣られたらしい肉食獣、トラ男が捕まっていた。

「やったなアリス、これなら砂の王もいけそうだな。トラ男さんもまっしぐらだ」

「ぶっ飛ばすぞトラ男！　誰かソイツを捨ててこい！」

ワイヤーで雁字搦めにされたトラ男がにゃんにゃん鳴く中、アリスが腕を組みながら、
声を大にして呼び掛けた。

「今作戦は既に何度も説明したが、心配なヤツがいるからもう一度おさらいするぞ！」

その言葉に俺は何度もこくこく頷く。

戦闘員は基本的にバカだからな、作戦を何度も説明するのは当然だ。

「砂の王が穴を掘って現れたら、餌におびき寄せられている間に戦闘員は瞬乾コンクリートを逃げ道の穴に流し込め。トラ男、ロゼ、バイパー、ハイネの四名は作業を行う戦闘員達のガードだ。そうして砂の王を逃げられなくしたら、あとは自分に任せとけ」

今までは作戦をほとんど忘れていたのだが、改めて説明されてある事に気が付いた。

「なあアリス、俺が作戦に組み込まれてないんだけど」

「お前さんは戦闘員だろ。瞬乾コンクリートを流し込むんだよ」

「…………。」

「待てよ、それってモブ戦闘員のやる仕事じゃん！　俺、もっと派手なのがいい！　こう、分かりやすく手柄になるやつ！」

そんな俺の言葉に続き、スノウもアリスに訴えた。

「アリス、私の名前も無いぞ！　手柄が一つも無いとティリス様に面目が……！」

「お前は基本スペックが優秀な人間レベルだからな。どこで何をしててもいいが、死なないように気を付けろよ。死なれるとティリスに難癖付けられるからな」

「もうちょっとこう、長い付き合いなのだから私に情みたいなものは……。ええい、護衛は近衛騎士団の専売だ！　適当に誰かを守ればいいのだろう！　ここで全体を見回しながら、ピンチな所の応援に行く！」

スノウは俺達にそう言って、ムスッとした顔で隣に立つ。

全員が配置に就いた頃、当たり前のようにその場で腕を組んで佇む俺に、アリスが珍獣を見る目を向けてきた。

「……お前、仮にも支部長で相棒の俺を何て目で見やがるんだ」

「……いやあ、長い付き合いになるが、お前さんだけは何時まで経っても自由で行動が読めねえなあと。まあいいか、お前は好きにしたらいい。野放しにした結果、たまに予想外の戦果を挙げるしな」

アリスの許可を得た俺は、配置に就いた皆に声を張る。

「この戦いにバイパーちゃんや魔族の未来が懸かってるんだ、気合い入れていけよー！」

「お前には言われたくねえぞ！　とっとこっち来て準備しろよ！」

ふんぞり返りながら声援を送る俺に、同僚の一人が何かに気付き、声を上げる。

「……ああ、なるほど。アイツ、悪行ポイントがまだマイナスだから瞬乾コンクリートを取り寄せられないんだよ」

「「「「…………………」」」」

まさしく図星を指された俺が、何も言い返せずにいると。

「だっせー！　あの野郎、そんな理由で戦線離脱か！」

「ギャハハハハお前はそこで見ておけよ、支部長様よお！」

「お願いします、恵んでくださいって言えば、瞬乾コンクリぐらい分けてやるぞ！」

遠くから煽り始めたモブ達に、俺は静かに決意した。

「よし、この戦闘の間にアイツら事故に見せかけて仕留めてやる」

「お前ら戦闘員はどうしてそんなに煽り合うんだ、同族嫌悪ってヤツなのか」


——と、二人でそんな事を言い合っていたその時だった。

足の下に小さな振動を感じ、アリスを抱えて横に飛ぶ。

それと同時に足下の大地が爆発するように盛り上がり——！

「キュウキュウキュ——ッッッ！」

野生の砂の王が現れた！

2

地面に下ろされたアリスが叫んだ。

「作戦開始——！」

まさか俺達の足下から現れるとは思わなかったが、まずは離れた方が良さそうだ。

俺とアリスは警戒を解かないまま、ジリジリと砂の王から距離を取る。

「おいアリス、あまりデカい声で叫ぶなよ。コイツ、耳が良いんだろ？　貧弱なお前が襲われたら一撃だろうに、気を付けろよな」

「その時はタダじゃ終わらねえから安心しろ。動力炉の暴走でコイツは確実に道連れだ」

だからそれを心配してるんだろうが！

「キュウキュウキュウ……」

鼻をヒクヒクさせながら砂の王が餌に向く。

俺達の声も聞こえるだろうに、今は餌の匂いに夢中なようだ。

「おいアリス、トラ男さんがまだワイヤートラップでもがいてるんだが！」

「もうアイツは砂の王の餌でいいだろ。自業自得だ、ほっておけ」

血も涙もないアンドロイドは、そう言ってデストロイヤーさんの下へと駆け出した。

と、にゃんにゃんと助けを求めるトラ男の下へバイパーが救助に向かう。

それを見た各員が自分の役目を思い出し、即座に行動を開始した。

トラ男の下に辿り着いたバイパーは、絡まっていたワイヤーを次々解き――

「バイパー様ー！　後ろですー！」

ハイネの叫びに応えるように、振り向きざまに拳を放った。

「魔王パンチ！」

「キュッ!?」

凄まじい衝撃波を伴う攻撃に、短い悲鳴を上げながら砂の王の巨体が転がされる。

アレがキックじゃない方の魔王パンチか、初めて見た。

「バイパーにゃんよくやった、あとは俺に任せるにゃん」

途中までワイヤーを解かれた事で自力で脱出したトラ男が、ゴキゴキと首を鳴らしながら立ち上がる。

自分でピンチに嵌っていたクセに、ちょっと頼もしいのに腹が立つ。

というか、砂の王はワイヤートラップの臭いで罠だと理解出来るのか、トラップに掛かる様子がない。

となるとこの人は、モグラでも避けられる罠に引っ掛かったのか。

……と、そうこうしているうちに、砂の王が開けた穴に着いた戦闘員達が瞬乾コンクリートを注ぎ始めた。

「砂の王がこっちに来るぞ！」

コンクリートを穴に流していた同僚の一人が警告を発する。

罠だと気付いた砂の王が脱走を図ったようだ。

……しかし、

「おっと、ここは通さねえにゃー！　どうしてもここを通りたけりゃ、金目の物を置いてくにゃん！　そんな物持ってねえのは知ってるけどにゃん！」

「アタシの炎で骨も残さず焼き尽くしてやるよ！　楽に死ねると思うんじゃないよ！」

「二人のセリフのせいで、凄く酷い事してる気がしてきました……」

砂の王の眼前に三人の武闘派が立ち塞がる。

けん制の炎を放ったハイネに続き、トラ男が一気に距離を詰める。

「ゴルルルルル！」

「キュウキュウキュウ！」

砂の王とトラ男が、互いの力を知っているだけに、警戒し合ってにらみ合う。

と、トラ男の後ろに隠れていたロゼが、その背中を踏み台にして空を舞う。

「我が稲妻にひれ伏すがいい！」

ロゼは何かを叫びながら砂の王に張り付くと、

「永遠に眠れ！　ブルー・ライトニングー！」

角を蒼白く発光させて、その身に電撃を奔らせた。

電撃は未知の攻撃なのか、ビクンと体を震わせた砂の王は慌ててロゼを振り払う。

俺は乱暴に振り払われて転がってきたロゼに手を貸しながら、

「ロゼ、お前いつの間に新技を覚えたんだ？」

「アリスさんが、『お前に高級料理を食わせてやる』と言って、うな重っていうご馳走を食べさせてくれたんです。そしたらなんか、このビリビリが出るようになりました」

それってウナギはウナギでも、電気が頭に付くヤツじゃあ……。

俺がロゼを起こしてやると、目に見えて動きが鈍くなった砂の王に、トラ男とハイネが攻撃を加えていた。

「どうやら体が痺れて素早く動けないみたいだにゃん！」

「こりゃあいい、今のウチに焼き肉にしてやるよ！」

二人の武闘派の猛攻に砂の王が後退る。

だが、逃走用の穴の前にはトラ男とハイネが立ち塞がっており、さらに奥では戦闘員達が穴埋め作業を行っていた。

逃げられないと理解したのか、砂の王が二本の後ろ足で立ち上がる。

強靱な戦闘服ですら一撃で引き裂く前足の先の巨大な爪は、一目見るだけでこれまでの楽勝ムードを霧散させた。

「……おう、さすがにデケえにゃー……」

「……ア、アタシ達の仕事は逃走用の穴と戦闘員を守る事だよな。コイツと戦うのは後ろに任せていいんだよな……？」

ちょっとしたビルサイズの巨体に二人が思わず絶句する中、ハイネの疑問に答える声が聞こえてきた。

『おう、皆ご苦労さん。穴も塞げたみたいだし、あとは自分に任せとけ』

スピーカーから響くアリスの声に続き、キサラギの関係者であれば誰もが知っている、大型エンジンが奏でる重低音。

巨大多脚型戦闘車両デストロイヤーさんが砂の王の前に立ち塞がった。

すでに砂の王の逃げ道は塞がれており、辺りは自らを狩ろうとする敵だらけ。

「キュウキュウキュウキュウキュウキュウーッッッッッ!!」

砂の王は甲高い声で大きく鳴くと――

『上等だモグラ野郎。怪獣退治はヒーローだけの仕事じゃねえぞ！』

互いに対峙したデストロイヤーさんと砂の王は、

『科学の力を舐めるなよ！』

「キュ――――――！」

アジト街から離れた荒野のど真ん中で、怪獣決戦を開始した――

3

帰還した俺達は、まずは最功労者であるデストロイヤーさんを洗ってあげる事にした。

「やっぱりデストロイヤーさんは最強だ。モグラごとき目じゃねえな」

科学絶対主義者のアリスが、ご満悦でデストロイヤーさんの機体を撫でる。

――魔族や近隣諸国を脅かし長年苦しめてきた砂の王は、デストロイヤーさんとの激闘の末に打ち倒された。

あんな愛らしい姿ながら、さすが大魔獣と恐れられるだけはあり、砂の王は最後まで抗い続け……。

俺は、そんな怪物相手に頑張ってくれたデストロイヤーさんへ敬意をこめて、

「デストロイヤーさんもあちこち傷がいってるな。せめてご飯粒で埋めてやるか」

「デストロイヤーさんに何するつもりだ、ぶっ殺すぞ。傷なら自分が修理してやる。時間は掛かるが、機体に顔が映るぐらい綺麗にしてやろう」

デストロイヤーに異常な執着を見せ、最近では俺達にもさん付けで呼ぶよう強制するアリスだが、同じロボ仲間として思うところがあるのかもしれない。

……と、砂の王とデストロイヤーさんの激闘後、なぜかすっかり大人しくなったハイネが、深々と頭を下げた。

「デストロイヤーさん、だったか。砂の王を倒してくれてありがとうございました。普段はちっとも動かないいし、怠け者かと思っていたけど違ったんだな。魔族の悲願を果たしてくれて、心から感謝します」

そう言って再びデストロイヤーさんに頭を下げるハイネだが、どうも妙な勘違いをしているようだ。

そういえばコイツは、ラッセルが操る巨大ロボとデストロイヤーさんの戦いの時は、早々と退場したんだったな。

と、デストロイヤーさんはゴーレムみたいなもんだぞと伝えようとした、その時。

「デストロイヤーさんは、砂の王を倒せたのはお前の電力のおかげだと言ってるぞ。良質な炎で作った電力は、ことのほか美味だったそうだ」

「ほ、本当ですか!?　そうか、アタシの炎が……」

物を知らない現地人にアホな事を吹き込み始めたアリスだが、俺以外のキサラギ関係者は現在祝勝パーティーの準備中だ。

なのでこの場にいるのは、俺とアリスとハイネのみ。

せっかくなので、ここはアリスに乗っかる事にした。

「デストロイヤーさんは俺達の最後の切り札として普段は眠りに就いてるんだよ。ハイネが発電所で頑張ってくれれば、それだけデストロイヤーさんが強くなるからな」

「そうなのか⁉ ……よし分かった。これからもあの施設で精一杯働かせてもらうよ！」

「そうかそうか。デストロイヤーさんも、今後ともよろしくと言ってるぞ。でも無理はしないで欲しい。今回の褒美として、約束通り彼女の休みを増やしてやってくれ、だとよ」

それを聞いたハイネの瞳から涙が零れる。

「デストロイヤーさん……」

どうやらコイツも俺やロゼと同じ脳筋枠らしい。

先ほどから脳内に悪行ポイント加算のアナウンスが流れているが、この分だとそろそろマイナス状態から脱する事が出来そうだ。

……と、アリスの遊びに付き合ってハイネをからかっていると、アジト街からバイパーがやって来た。

「あの、パーティーの準備が整ったそうです。それで呼びに来たのですが……」

「おっ、そうか。デストロイヤーさんを綺麗にしたらそっちに行くよ」

それを聞いたバイパーは、それなら私も手伝いますと言って笑みを浮かべる。

「ならアタシも手伝うよ！　デストロイヤーさんは疲れて寝ちゃったみたいだからな。目が覚めたらビックリするぐらいに綺麗にしてやるさ」

「えっ……？　え、えっと、ハイネは一体何を言って……？」

デストロイヤーさんがゴーレムみたいな物だと理解しているのか、バイパーはハイネの言葉に困惑の表情を浮かべていた。


「――それでは秘密結社キサラギの、砂の王討伐作戦成功を祝いまして挨拶から……」

アジト街に作られたパーティー会場で今まさに、マイクを握った俺の乾杯の音頭が……。

「勿体ぶらないでサッサとやれ！」

「こっちは早く飲みたいんだよ、話はいいから乾杯しろ！」

モブ戦闘員達が心無い野次を飛ばす。

やはりコイツらとはそろそろ決着を付けるべきかもしれない。

「分かったようるせーな！　それじゃあ、お前ら貧弱なクソ雑魚戦闘員が一人も死なないという珍しい現象と、砂の王討伐を祝して……乾杯！」

「乾杯……出来ねえよ！　俺達の死亡率は高くないだろ！」

グダグダな乾杯と共に、あちこちでグラスが打ち鳴らされた。

今日のパーティーは、テーブルが並べられたアジト街の広場での立食式となっている。

ここに移住してきた魔族の皆さんも今夜は一緒に乾杯していた。

砂の王が倒れた今、正式にここの住人となるわけだ。

なら今のウチに彼らと交流を深める必要がある。

まあ、とはいえ……。

「サキュバスだ、サキュバスがいるぞ！　あっちの犬歯が尖ったねーちゃんはヴァンパイアか！　やっべ！　この星やっべ！」

「くそ、ここはケモナー天国なのか……！　フワフワしたのがあちこちに……！」

「グレイス王国は戦争のせいで男が少ないと聞いていたけど、魔族の方も男女比率は似たようなものなんだなあ……。俺、この星の子になるわ……」

魔族を眺める戦闘員の様子を見るに、放っておいても勝手に仲良くやってくれそうだ。

魔族サイドの皆さんの方も、かなりの活躍を見せたトラ男を囲みチヤホヤしている。

「トラ男様と言いましたか？　何でも逃走しようとする砂の王を逃がすまいと、真正面に立ち塞がったとか！」

「トラ男さん、立派な胸毛が素敵ですね……。触ってもいいですか？」

「トラ男様、ちょっとだけ私達とお話を……。ああん、サキュバスの魅了も通じないなんて、なんて漢なのかしら……。これが英雄……」

サキュバスのお姉さんに胸を押し付けられながら、興味無さそうにジョッキを一息で飲み干すトラ男。

そんな反応が新鮮なのか、自分に自信がある魔族ほどトラ男を落としてみせようと躍起になって口説いていた。

ロゼ（捕食者）とオーク（被捕食者）が隣り合って美食を貪り、お礼を言いに行ったリリムの少女カミュがトラ男に熱い視線を送られる。

そんな混沌とした会場で、一人食事を詰め込んでいた俺の下にバイパーがやって来る。

「六号さん、今日はありがとうございました。ここにいる魔族達が笑顔を取り戻せたのも、全ては皆さんのおかげです。私達は侵略者だったはずなのに、一体どうやってお礼をすればいいのやら……」

相変わらずなバイパーに、俺は骨付き肉片手に言ってやる。

「バイパーちゃんは頭が固いなあ。助けてくれてありがとう、これからよろしくでいいんだよ。俺達戦闘員は戦ってなんぼだからこれから暇になるけど、その際はゲームのフォローを任せたぞ」

「はい、それなら喜んで！　……ああ、いえ……その……」

快諾してくれたバイパーだが、途端に歯切れが悪くなる。

……ああそうか、砂の王が倒れた事で俺はしばらく暇になるが、バイパーのような書類仕事が出来る人間はむしろこれからが忙しくなる。

「そうか、バイパーちゃんはこれからのアジトに最も求められる人材だからなあ。でも俺は恩人なんだから、雑な扱いは許さないよ。少なくとも今攻略中のクソゲーだけは最後まで付き合ってもらうから。これはここの支部長として譲れないぞ」

そんな俺のワガママに、バイパーはどことなく嬉しそうな、それでいて寂しそうな表情で……。

「分かりました。あのゲームの攻略をお手伝いすればいいんですね」

「よし、約束したぞ。約束は絶対だからな？　俺は自分に不利な約束はすぐ忘れるけど、こういうのは絶対覚えてるから」

と、その時だった。

「礼を言う必要は無いぞ、バイパー。砂の王との戦いで、コイツは何もしていない」

酒に弱いクセにグラスを手にしたスノウが、俺とバイパーにそんな事を……。

「ちょっとだけ仕事したよ！　砂の王が出てきた時、俺はアリスを庇ったからな！　それを言うならお前の方が何もしてないだろ！　威勢がいいのは最初だけで、途中どこで何してたんだよ！」

「うるさい、その事で話があってここに来たのだ！　……ほら、私は砂の王が現れた時、お前達の傍にいただろう？」

スノウが耳打ちするように、こちらに向かってボソボソと。

「あの時にちょっと不覚を取ってな。その……」

……？

「ああっ！　お前ひょっとして、砂の王が現れた瞬間に巻き込まれて気絶してたのか！」

「コラッ、大きな声を出すな、皆に聞かれる！　そ、そこでだな、このままではティリス様に顔向けができん。いや、場合によってはそろそろクビになりかねなくてな……」

…………。

「なんだ、俺のなけなしの手柄のアリス救出の功績を譲れってか？　俺だって手柄が無くて困ってるんだぞ、甘ったれんな！」

「違っ……！　もしクビになり行く当てが無くなったら、私もロゼやグリムのように、そ、その……！」

ロゼやグリムのように何だろう。

グリムのいつもの願望みたく、嫁に貰って養ってくれとかじゃないだろうな。

……と、何やら勝手に追い詰められたスノウが、キッとこちらを睨み付けると。

「貴様はどうしてそんなに察しが悪いのだ！　いや、悪いのは頭の方か⁉　普通ここまで言えば分かるだろう！」

「コイツいきなり何て事言いやがる！　ここでまさかの逆ギレか⁉」

「ここの皆さんはどうして顔を合わせると喧嘩するんですか⁉　お願いですから、こんな時ぐらい仲良くしましょう！」

慌てて止めに入るバイパーだが、スノウはともかく戦闘員は穀潰しやチンピラを集めたような集団なので、こんなのはじゃれ合っているようなものだ。

「今日のところはバイパーちゃんに免じて赦してやるが、次はねえぞ。良かったな！」

「き、貴様を見ていると、たまに凄く羨ましくなる時がある。私もこんな風に言いたい事を好きに言って、自由に生きる事が出来ればどんなに楽かと……」

とりあえず和解した俺達にバイパーがホッと息を吐く。

「バイパーちゃんはホント優等生だよね。もっと肩の力抜いていこうよ。ほら、ゲーム貸してあげるから仕事サボった時に遊ぶといいよ」

俺達みたいになれとは言わないが、この子はもうちょっと遊んだりするべきだ。

俺はリリスのゲーム機をバイパーへと差し出した。

「い、いえ、お仕事をサボるのは良くないかと……。……でも、そうですね。このゲーム、ちょっとだけ借りてもいいですか？　一週間もしたら返しますので……」

「一週間といわず、ずっとでもいいよ？　どうせ執務室には毎日遊びに行くつもりだし」

例のクソゲーを受け取ったバイパーは、なんだか嬉しそうにしながら礼を言う。

「一週間だけで十分です。——本当に、ありがとうございました、六号さん」

クソゲーを大切そうに胸に抱き、幸せそうに笑うバイパーに、なんとなく胸騒ぎを覚えてしまう。

そう、俗に言う死亡フラグってヤツが見えた気分だ。

「バイパーちゃんさあ……」

「バイパー、ここにいたのか」

俺が何かを言う前に、突然アリスが現れた。

デストロイヤーさんをピカピカにする作業はハイネが請け負ってくれたらしい。

「アリスさん、時間ですか？」

「ああ、時間だ。それじゃあ行くか。おいスノウ、お前も来い」

一体なんの時間だろう。

俺も一緒に付いて行こうとすると、バイパーに止められた。

「最後の仕事を終わらせてくるだけなので、六号さんはここで待っていてください」

なるほど、今日の分の書類仕事を終わらせに行くのか。

スノウが一緒なのは、今回役立たずだったからついでに手伝わされるのだろうか？

「それじゃあバイパーちゃん、また明日」

その背中に呼び掛けると、バイパーはふとこちらを振り返り、

「……はい、また明日」

困ったように眉を寄せ、苦笑を浮かべて言ってきた。

……遠ざかる小さな背中を見送りながら、ふとクソゲーを受け取ったときのバイパーの言葉を思い出す。

『一週間だけで十分です。――本当に、ありがとうございました、六号さん』

どうして、『ありがとうございます』じゃなかったのだろう。

まるでこれが最後のお別れみたいな。

それについては仕事が終わった後で聞いてみようと、そう思っていたのだが……。


――アリスに連れられて行ったバイパーがアジトに帰る事はなく。

砂の王の討伐を祝し、グレイス王国で盛大な祭りが行われる事と、それと同時に魔王の処刑が行われるとの発表がなされたのは、次の日の事だった――

4

執務室をウロウロする俺に、ソファーの上で毛布に包まったロゼが言ってきた。

「隊長、ちょっと落ち着きましょうよ。詳しい事情はアリスさんから聞きましょう」

「そのアリスが帰って来ないいんじゃねえか。ていうかお前も何してるんだよ、その毛布は誰のか言ってみろ」

昨夜アリスがバイパーと共に向かった先は、グレイス王国の王城だったらしい。

そして、今朝になって砂の王の討伐祭開催と魔王の処刑が公表されたのだが……。

「これは、ラッセルさんとの奪い合いの末に勝ち取ったバイパーさんの毛布です。これに包まっていると落ち着くんですよ」

バイパーに懐いていた二匹のキメラも、今日は朝からソワソワしていた。

一番取り乱していそうなハイネに限っては、発電所に籠もって一心不乱に発電中だ。

今も発電所の隣で充電中のデストロイヤーさんに助けを求めるつもりなのだろうか。

いや、魔王城の地下に閉じ込められていた時から、ハイネはこうなる事をなんとなく分かっていた様子だった。

仕事に集中する事で、考えないようにしているのかもしれない。

「お前は寝ていたから知らないだろうが、バイパーちゃんに初めて会った時、全てが終わったらグレイス王国で処刑して欲しいって言ったんだよ。戦争の責任を取るつもりなんだろうが、アレって本気だったのかあ……」

毎日何かしらの仕事を探し、常にクソ真面目で全力なバイパーだったが、最初からこのつもりだったからこそ、日々を精一杯に生きていたのだろう。

……と、その時、執務室のドアがノックされ、トラ男が顔を出す。

「おう六号、ちょっと来い。食堂で緊急会議だ」

トラ男は語尾のにゃんも忘れるほど真面目な顔で、ドアの外を指差した。

「──おうお前ら、既に事情は聞いてるな？　せっかく砂の王を倒したのに、おかしな事になってるにゃん」

キサラギの関係者のど真ん中で、トラ男が口を開いた。

「バイパーさんが処刑されるってどういう事だよ。グレイス王国の連中は貴重な美少女を何だと思ってるんだ」

「あの子、ホントにいい子だよなあ。キサラギではあり得ない、優しさと常識を持った美少女だもん……」

「いや、常識はちょっと足りないかもしれないぞ。この間挨拶代わりに、『ぐへへへへ、お嬢ちゃん、今日のパンツは何色だい？』って聞いたら普通に答えようとしたからな」

最後に発言した戦闘員がその場の皆に殴られる。

と、食堂で鍋をかき混ぜていたラッセルが、呆れたように言ってきた。

「キミ達、ちょっと落ち着きなよ。アリスが帰って来ない事には何が起きたのかも分からないだろ？　処刑まではまだ時間がある。なら、今はアリスを待つべきだ」

「ラッセルさんもちょっと落ち着くべきですよ。さっきから鍋をかき混ぜてますが、具材を入れ忘れてますよ」

バイパーの毛布を纏ったままのロゼにツッコまれ、ラッセルが黙り込む。

俺は行儀悪くもテーブルの上に立ち上がると、腕を振り上げ声を張った。

「その、肝心のアリスが帰って来ないんだろうが。これはグレイス王国による俺達への挑戦だ！　バイパーちゃんは俺達が戦争で勝ち取った捕虜みたいなものなんだ、それがなんでグレイス王国に処刑されなきゃならないんだよ！　美少女は貴重な資源で財産だ！　俺達の財産を奪うって言うのなら、それはもう戦争しかないだろうが！」

「六号が珍しくいい事言った！　そうだ、俺達は悪の組織だ！　欲しい物は奪えばいい！」

「へへへへ、悪の組織らしくなってきたぜ。この星に来てからぬるい生活を送ってたからな。久しぶりに大暴れだあ……！」

根っこの部分はチンピラな戦闘員達が迷うことなく賛同する。

あとは発言力のある怪人トラ男の意見だが……。

「バイパーにゃんがいなくなれば、この先どれだけ凄い魔導石を手に入れても、俺は小学生に戻れねえ。可能性がゼロじゃない限り、俺は諦めたりしねえにゃん」

言ってる事はサッパリ分からないし分かりたくもないが、トラ男もバイパー救出には賛同のようだ。

「まったく、ここの人達は本当にバカだね。キミ達だけじゃ不安だから、この魔王軍四天王、水のラッセルが力を貸してあげるよ。なんだか最近舐められてるみたいだからね。グレイス王国の人間共に、ボクが誰だか教えてあげるよ」

「ラッセルさん、今のはキサラギの言っちゃいけないセリフ集に引っ掛かりますよ。付いてくると多分死ぬので、大人しく料理しててくださいよ」

バイパーの救出作戦は、どうやらトラ男だけでなく、満場一致で賛成なようだ。

「ようし、それなら話は早い！　野郎共、準備しろ！　キサラギの本分を思い出せ！　グレイス王国を侵略だ！　アリスとバイパーちゃんを取り戻すぞ！」

「「「ヒャッハー！」」」


——と、その時だった。


「このアホどもが、グレイス王国なんて侵略してどうするつもりだ。あそこは大した資源も無いんだぞ。侵略するならトリスだ、トリス」

いつの間に帰ってきたのか、ドアの前にアリスがいた。

「お前、アンドロイドのクセに朝帰りってどういう事だよ！　あと、グレイス王国に喧嘩を売るのはバイパーちゃんを取り返すためだ、国が欲しいわけじゃねえよ！」

「それを止めろって言ってんだよ。バイパーの処刑は最初から決まってた事だ。それを込みで砂の王を退治出来たら魔族をアジト街に住まわせる。ティリスとはそういう条件でまとまってたんだよ」

さすが血も涙もないアンドロイド、なんて冷淡なヤツなんだ。

「なあアリス、お前だってバイパーちゃんがいると助かるだろ？　だって散々仕事押し付けてたじゃん。賢いお前の事だ、なんか助ける手があるんだろ？」

「確かにキサラギはアホしかいねえからバイパーがいれば助かるさ。でもな、戦争の終結には責任をおっ被せる分かりやすい生贄が必要なんだ。第一バイパーがそれを望んでる以上、他がとやかく言う話じゃねえ」

……確かに自己犠牲ガチ勢のバイパーなら言いそうだ。

しかし……。

「悪いが戦時中の作戦指揮権を使わせてもらうぞ。バイパーには手を出すな。せっかく話がまとまったんだ、余計な事はするんじゃねえぞ。全てはキサラギのためなんだからな」

いつになく強気なアリスの言葉に、その場の皆が押し黙った――

――砂の王の討伐祭を、あと五日後に控えた朝。

アジトの横に作られた訓練場にグリムの声が響き渡る。

「あのね隊長！　私はデートぐらいで全てを忘れるような！　安い女じゃないからね!!」

アリスに叱られた、その翌日。

すっかり存在を忘れ去られ、いつの間にか蘇生していた事すら知られていなかったグリムが激昂していた。

「そんな事俺に言われても、いつも肝心な時に死んでるんだもん。今回の砂の王退治にしたって、お前がいてくれたらもっと楽に倒せたんだぞ」

グリムは魔王軍との戦いに続き、砂の王退治でもハブられた事がショックだったらしい。

「……私がいてくれたら、とか。そんな調子のいい事を言われたぐらいじゃごまかされないわよ。……これ、お弁当作ってきたんだけど、食べる？」

簡単にごまかされたグリムから弁当を受け取りながら。

「どうせならデート先で食べようぜ」

それを聞いたグリムが口元をニヤニヤさせて言ってくる。

「そうね、お弁当はデートの定番だものね。ねえ隊長、さっき私に言った、デートしようって言葉をもう百回ぐらい言ってくれない？」

「い、嫌だよ……」

デートという言葉でそんな無邪気に喜ばれてしまうと、これから連れて行く場所が心苦しいな――

「――また隊長に騙された！　ええ、私知ってた。隊長が誘ってくれたのは、ただの気まぐれって事ぐらい分かってた！　男の人からデートに誘われたのは初めてだったのに、私の初めてを返してよ！」

アジト前に広がる森の中。

「何言ってんだ、これは立派にデートだろ。お前ピクニックって言葉知らないのかよ」

「お待ち！　野イチゴ狩りとか花集めならピクニックって言ってもいいわ。でも、これをピクニックだなんて言わせないわよ！」

現在、俺とグリムはミピョコピョコの卵を採取していた。

素人ではムピョコピョコとミピョコピョコピョコの卵の見分けが付かないと聞いたので、暇そうにしていたグリムを誘ったのだ。

「大体どうしてインドア派の私を連れて行くのよ！　スノウも卵の見分けは付くはずよ⁉」

確かに車椅子で森の探索は大変なものがあるのだが……。

「スノウは城に行ったまま帰って来ないし、グリムならこういうのに詳しそうだと思ってさ」

「……まあ仕事柄、魔獣の素材はたまに使うけれど。仕方ないわね、今回だけよ？　その代わり、儀式で使う素材の採取を手伝ってもらうわよ」

まあ、そのぐらいなら。

……と、早速見付けた！

「おいグリム、これはどっちのピョコピョコだ？」

木にくっついていた黒い卵をグリムに見せる。

「それはミピョコピョコの卵ね。強い衝撃を与えると爆発するから取り扱いに注意しなさい。……それにしても、アリスにお小遣いを止められてるって聞いたけど、こんな内職が必要なほどお金が無いの？」

「ここ最近グレイスの街に遊びに行けない程度には文無しだよ」

グリムは苦笑を浮かべると。

「……それじゃあ今晩飲みに行く？　バイパーって子の事は聞いてるわ。あれだけ仲が良かったんだもの、思うところもあるでしょう。……ゼナリスの大司教として、こんな時ぐらいは慰めてあげるわよ？」

「……行く」

別に慰めてもらうわけじゃない。

ミピョコピョコの卵について、グリムに聞きたい事があるからだ――


――討伐祭まであと三日。

アジト街では魔族達が俺達に仕事を求め始めた。

バイパーやハイネが頑張っている以上、自分達だけ遊んでいるわけにはいかないとの事。

魔族を刺激するのは得策ではないと判断されたのか、バイパーの処刑の事はまだ知らされていないようだ。

急に仕事が増えたアリスが、こんな時に書類仕事が出来るヤツがいればなあ……と、俺達に愚痴を零した。

この星で使われている字が読めない俺達に無茶を言う。

そう言ってやれやれと肩を竦めていたら、日本語で書かれた書類ぐらい幾らでも用意するぞと脅してきた。

戦闘員全員で、俺達が書類仕事をすると、ミスのチェックと修正作業でかえって大変になるぞと脅し返す。

それを聞いた時の、コイツら自分でそれを言うのかという、アリスの味のある顔が忘れられない――

――討伐祭まであと二日。

ここのところ、トラ男が夜になると遠吠えするので迷惑している。

今もなんとなくそれを聞いてると、今夜は遠吠えが増えていた。

バイパーがいなくなった寂しさを紛らわせているのだろうか。

しかし三匹で吠えられるとさすがにうるさい。

あんまり遠吠えで刺激すると、魔獣がアジトやグレイスの街に集まってくるのでやめてくれませんかね――

「――明日は砂の王討伐を祝って盛大な祭りがあるそうだ。祭りの終盤にアレも行われる予定だが、お前ら余計な事はするんじゃねえぞ」

討伐祭が明日に迫った事で、アリスが釘を刺してきた。

納得はいかないがキサラギでの戦時中の作戦指揮権は絶対だ。

ここにいる連中は、もちろんその事は分かっている。

そう、組織とは命令系統の遵守がなければ成り立たないのだ。

その場の皆が、今さら言われなくても分かっているとばかりに頷き、そして――

――今夜は待ちに待った砂の王の討伐祭だ。

今夜は綺麗な月が出ているせいか、アジトで飼われている三匹がいつになく吠え立てて森の魔獣を刺激している。

これではせっかくの祭りなのに、魔獣が街まで来るかもしれない。

雇われ戦闘員の身として、今こそグレイスの街を守らなければ。

そんな正義の心の下に――


「俺達は悪の組織の戦闘員だぞ、命令や規則なんて守るかバーカアアアアァ！」

「「「「ヒャッハアアアァー！」」」」


キサラギの戦闘員なんてこんなもん。

そんなに祭りがやりたいのなら、俺達も全力で協力してやろうと思う。

俺は、あまりにもクソダサいため普段は使う事のないマスクを取り出し、バイパーの最期を見届けるべくグレイスの街へと繰り出した――

５

　バイパーの処刑は日付が変わると共に街の広場で行われるらしい。

　祭りを締める最後のイベントという事なのだろうが、外野の俺達からすれば、実に趣味の悪い話だ。

　グレイスの街に入り込んだ俺達は、住民の好奇の視線も気にせずマスクを被る。

「いいか、あくまで俺達は、祭り見物のため正装にめかしこんだ戦闘員だ。そして、キサラギの戦闘員が人の多い所で迷惑を掛けないわけがない。つまりこれから起こる出来事はいつもの事、平常運転ってヤツだ」

　珍妙なクソダサマスクを被った怪しげな男達が、全て分かっているとばかりに頷いた。

　命令違反は厳罰だ。

　たとえどれだけ苦しかろうが、言い訳は用意しておくべきだ。

「それじゃあ、城への潜入はこの俺と……。最近になって、やっと城の牢から出してもらえた戦闘員十号で行こうと思う」

「王城への潜入はもはや散歩みたいなもんだ。任せとけ」

ここ最近戦闘員十号の姿が見えないなとは思っていたが、また何かやらかしたらしく、ずっと拘束されていたらしい。

「お前、今度は一体何したの？」

「別に大した事はしていない。夜中に侵入したのがマズかったと反省し、昼間から堂々とティリス姫の部屋に入り、堂々とティリス姫のバスタブに浸かっただけだ」

なんで人様の家で勝手に風呂に入ったんだとか言いたい事は色々あるが、城への潜入に関してはこの男に任せて大丈夫そうだ。

「俺が再び侵入した事でまた城が改装されたみたいだが……。なに、大した問題じゃない」

本当にこの男に任せて大丈夫なのだろうか。

急に不安になってきたが、潜入工作においては一目置かれる男なのも間違いないのだ。

俺は被っていたマスクに触れて、ズレなどを修正しながら、

「ずっと牢の中だったみたいだけど、俺がどこに潜入したいのか分かってるよな？」

「ああ、もちろん分かってる。ティリス姫の部屋の事なら任せとけ」

ちっとも分かっていない戦闘員十号は、そう言って親指を立ててきた。

大丈夫かなあ、ほんとにコイツで大丈夫かなあ……！

——十号と城へと向かう道すがら。

俺はリュックに入れたある物を、住人が見ていない瞬間を見計らい、月の光がよく当たるであろう民家の屋根に放り投げていた。

「六号、そいつは何だ？」

「ミピョコピョコの卵だよ。コイツは月の光を浴び続けると孵化するらしい」

そう、俺が屋根に投げ付けているのはグリムと採取した例の卵だ。

隣を走る十号は、事情を知らないはずなのになるほどと頷いてみせる。

「俺がよく、使い終わって丸めたティッシュを、二階の窓から隣家の屋根に投げてたようなものか」

「一応聞くけど、使い終わったティッシュって鼻かんだヤツだよな？　アジト街では絶対やるなよ？」

一通り卵を撒き終わった俺は、十号と共に城の外壁に近付いた。

王城は、以前俺が来た時よりもさらに外壁が高くなり、正門以外の入り口は完全に潰されている。

だが今夜に限ってあまり兵士の姿が見られない。

街の近くでなぜかやたらと魔獣が目撃されている事と関係しているのかもしれない。

「で、どうやって中に入るんだ？　言っとくけど案内して欲しいのは地下牢だからな」

「地下牢も既に俺の庭みたいなもんだ、任せとけ。侵入には……この手で行こう」

そう言って十号が取り出したのはメイド服だった。

「……まさかとは思うけど、城で働くメイドのフリして堂々と入るとか言わないよな」

「そのまさかだ。城壁は乗り越えられないようにガードがされており、唯一の入り口である正門が固く閉ざされている以上、門番に入れて貰わなければならない」

そこまでは俺でも理解出来る。

「お前が門番だとしたら、どんなヤツなら呼び止める？　愛想笑いを浮かべる商人か？　自分と同じ恰好の兵士達？　そうやって小細工をすればするほど、かえってボロが出るもんさ。なら逆転の発想ってヤツだ。ゴツい男がメイド姿で堂々とやって来たら、あまり関わりたくないと思うだろう？」

関わりたくないと思うけど、絶対呼び止められると思う。

周囲の目を気にする事なくその場で堂々と女装を始めた十号は、

「どうだ、似合うか？」

「案外上手くいくかもしれないと思える程度には」

俺が門番だったら絶対に関わりたくないと思える珍妙な生き物に進化していた。

「お前には光学迷彩を貸してやる。ソレで姿を隠して付いて来い」

十号から光を屈折させる光学迷彩を受け取ると、すぐさまそれを起動させる。

やがて俺の目の前を、ゴツい戦闘服の上にヒラヒラのメイド服を着込んだマスクマンが、真正面から堂々と城の門へ歩いて行った。

十号を見てギョッとした様子の二人の門番は、酷く葛藤した様子を見せると、何事もなかったかのように……いや、思い切り目を逸らして門を開けた。

まさか本当に上手くいくとは思わなかった。

この男、あながちタダの変態ではないのかもしれない。

十号は前を向いて歩いたまま、視線も向けずに呟いた。

「六号、地下牢はこの先を曲がった所だ。もし俺が誰かに捕まったなら、構わずに先に行け。俺はこのままティリス姫の下へと向かう。お互い、幸運を祈る」

珍妙な外見のメイドさんが男前な事を言ってくる。

光学迷彩で見えていないとは知りながらも、俺は静かに頷くと――

「六号様、必ず来ると思っていましたよ」

複数の騎士を連れたティリスが、複雑そうな顔のスノウと共に待ち構えていた。

6

「門番にはキサラギの方が来たら通しなさいとは言いましたが……。さ、さすがにその恰好の者を素通りさせるとは予想外でした」

騎士達を従えたティリスは僅かな動揺を見せながらも、

「六号様、今ならまだ見逃す事が可能な範囲です。私達とキサラギの良き未来のためにも、このまま帰るつもりはありませんか？」

いつになく真剣な顔で、キッパリとそう告げてきた。


……光学迷彩で隠れている俺ではなく、珍妙なマスクメイドの方に向けて。

俺は廊下の壁に背を預けながらティリス達の横を素通りし、コソコソと地下牢へ。

シリアス展開を始めたティリスだが、邪魔するのも悪いので十号に任せておこう。

俺はアッサリ地下牢に辿り着くと、牢番の横を通り抜け、目当ての相手の牢を探す。

やがて最も奥にある牢の中。

真剣な表情で、床に正座しゲームをするバイパーを発見した――


（バイパーちゃん、バイパーちゃん。こちら六号。聞こえるか？）

牢の外から囁きかけると、バイパーがビクッと震え顔を上げた。

「ま、まさか六号さんですか？　一体どこに？」

辺りを見回すバイパーに、こんな時だというのにイタズラ心が湧いてくる。

（俺は今遠くから、バイパーちゃんの心に直接呼び掛けています……。聞こえますか……？　俺の声は届いていますか……？）

「聞こえています！　ちゃんと届いていますよ、六号さん！」

どこか興奮気味のバイパーが遠くを見ながら言ってくる。

その視線の先は、目の前に隠れる俺ではなく、遠く離れたアジトへと向けられているのだろう。

牢番に声が聞こえるのを恐れたのか、バイパーは声を潜めながら。

（六号さんも魔法が使えたんですね！　しかも、テレパスなんて強力な魔法を！）

俺の言葉を簡単に信じるバイパーが何だかちょっと心配になる。

(俺に秘められた力の事は今はいい。それよりコレはどういう事なの？　バイパーちゃん何やってんの、なんで処刑される事になってんの)

それを聞いたバイパーは困ったように苦笑を浮かべ、

(ごめんなさい、私、六号さんに嘘吐きました。六号さんが言っていた、今攻略中のゲームだけは最後まで付き合ってもらうという約束を、守れませんでした……)

そう言って大切そうにゲーム機を握り締めるバイパーだが、今いる場所が牢屋だけに、何だかひどく寂しく見えた。

(俺が貸したあのクソゲー、どこまで進んだの？)

(謎解きは大体出来たのですが、戦うのが難しくて、先に進めず……)

ゲーム機に触るのが初めてだとアクション部分は難しいよな。

(大丈夫だよ、戦う場面は俺がやるから。バイパーちゃんには謎解きを任せるよ)

(……ごめんなさい、私の処刑はもうすぐです。六号さんがここに来る頃には全てが終わっている事でしょう……)

アジト街とグレイスの街は、近いとはいえ約半日は掛かる距離だ。

俺が目の前にいる事を知らないバイパーは、そう言って儚く笑う。

（六号さんと一緒にすごした時間は凄く楽しかったです。六号さんは、執務室に来てゲームで遊んでいただけですが、たまに奇声を上げたり文句を言ったり、そんな自由な姿を見ているだけで、なんだか心が温かくなりました）

もう間に合わないと思っているからか、唐突に思い出話を始めたバイパー。

（そっか。バイパーちゃんに言っとくけど、それ以上は言わない方がいいと思う。きっと後悔すると思うよ？）

そんなバイパーを心配して忠告するも、だが静かに首を振り。

バイパーはこれが最後の言葉のつもりなのか、声を潜める事なく言ってきた。

「後悔なんてしませんよ。ゲームのお手伝いをしている時だけは、私は処刑を待つ魔王ではなく、友人と遊ぶ一人の魔族、バイパーでいられました。本当に、ありがとう……」

これ以上言わせると、取り返しのつかない事になる。

（ねえバイパーちゃん、ほんとそれ以上言うのはやめて。俺は悪の組織の戦闘員なんだよ？　この恥ずかしい思い出話をネタに、俺に無理難題吹っかけられても知らないよ？）

「いいですよ。それに最初出会った時、私の事は好きにして構いませんと言ったじゃないですか。でもキサラギの皆さんは、結局最後まで何も要求しませんでしたね」

そう言って小さく笑うバイパーは、なんだかいつもより砕けて見える。

もうすぐ処刑の時間が来ると分かっているからか、最後にちょっとだけ冗談を言って楽しんでいるようだ。

(まだ終わってもいないのに何を安心してるのバイパーちゃん。もしかしたら、これから悪いヤツのアジトに連れ去られて、とんでもない事されるかもしれないんだよ?)

「いいですよ。私に出来る事であれば、何でもしましょう」

言っちゃった。

(女の子が何でもするなんて気安く言っちゃいけないからね? でないと、きっと後悔するよ)

「先ほども言いましたが後悔なんてしませんよ? ああ、六号さんにお会い出来たら何でもしてあげるのに残念です。ええ、後悔といえばそれだけが心残りですよ」

もしかしたら人をからかうという行為自体が初めてかもしれないバイパーは、そう言って楽しげにクスクス笑う。

……そっか。

「それじゃあ何してもらおうかな。とりあえずここから出ようかバイパーちゃん」

マスクを外して迷彩も解き、目の前に姿を現す俺に、バイパーはポカンと口を開けたまま固まった——

「──ねえどうしたのバイパーちゃん！　顔が真っ赤だよバイパーちゃん！　俺言ったよね、きっと後悔すると思うよって！　ねえバイパーちゃん、俺の目の前で恥ずかしい告白をしてくれた、今の気持ちを教えてくれない？」

「……ッ！　……ッッ！」

真っ赤な顔を両手で覆い肩を震わせていたバイパーが、恨みがましい涙目の顔を上げ。

「六号さんはいじわるですね」

「バイパーちゃんは嘘吐きじゃん。約束破るだなんて許さないよ。もう一度言うけど、今攻略中のクソゲーだけは最後まで付き合ってもらうからね」

後の事は、とりあえずバイパーをアジトに拉致ってから考えよう。

バイパーは困った表情を浮かべながら。

「私はここから出るわけにはいかないんです。魔族がこの国の人達に赦してもらうためにも、私が……」

「そっちの事情は知らないよ。俺って悪の組織の人間だもん、グレイス王国や魔族に気を遣うわけないじゃん。このままバイパーちゃんを拉致って行くから」

そう、忘れられがちだが俺達は基本的に悪なのだ。

美少女を攫う大悪事も、立派な仕事であると言える。

「そ、そんな事をすれば、キサラギとグレイス王国の関係にヒビが入りますよ!? それこそ、戦争にまで発展したら――！」

「関係にヒビが入ってもウチのアリスがどうにかするさ。アイツは俺と違って賢いからな。それに……」

そう、それにだ。

「ウチが掲げてる目標って世界征服なんだよね。最終的にはどっちみちグレイス王国も侵略するから、遅いか早いかの違いだよ」

「……ええ……」

バイパーがドン引きするが、だってウチって悪の組織ですから。

「そ、それでも、キサラギの戦闘員の皆さんが戦争に巻き込まれるかもしれないんですよ!? そんなの……！」

いやいや、この子は何言ってんの。

「バイパーちゃんが以前言ってたじゃん。どうしてここの人達はすぐ喧嘩するんですか、って。ハイネにも言われたよ。お前ら、魔族より血の気が多いっておかしいだろ、って」

だって、そんなの……。

「戦闘員の仕事は戦う事だからね。この世から戦争が無くなったら俺達リストラされちゃうよ」

一切の迷いが無い俺の言葉にバイパーが絶句する。

「それに前々から言ってるけど、キサラギの戦闘員なんてろくでなししかいないんだから、多少減っても問題ないよ」

「なんて酷い事言うんですか、そんな事言っちゃダメですよ！」

こんな時まで優等生なバイパーだが、そろそろ時間も押してきた。

俺は振動ナイフを取り出すと、牢の格子に刃を当てる。

「ダ、ダメですよ六号さん！　ここで私が逃げ出したら、困る人達がたくさんいるんです。……ああっ！」

ヂュインという音と共に格子が一本切断される。

二本目の格子に刃を当てると、バイパーが泣きそうな声で訴えてきた。

「や、やめてください六号さん、魔族の命が懸かってるんです。それ以上やると怒りますよ？　私、本当に怒りますからね!?　これでも魔王です、強いんですよ!?」

二本目の格子が床に転がり、三本目に取り掛かろうとする俺に、バイパーが涙目の怒り顔を見せてくる。

かわいい。

「き、嫌いです……。六号さんはいい人だと思っていたのに、こんな事するなんて嫌いです。お願いです、せっかく穏便に済みそうなのに、邪魔しないでください！」

三本目の格子が切断される。

脅しが利かないと知ったバイパーが、泣き落としに入ったようだ。

涙目のバイパーも、とてもかわいい。

四本目の格子に刃を当ててると、バイパーがナイフの背を掴んで呟いた。

「どうしてこんなに困らせるんですか？　私達、まだ会ったばかりで深い仲でもないじゃないですか。もうとっくに覚悟は出来てるんです。だから……。お願いだから……」

目の端の涙を隠すように、バイパーが辛そうな顔を伏せた。

「バイパーちゃんバイパーちゃん」

空気を読まない気楽な声に、涙を堪えたバイパーが顔を上げる。

俺は人より、かろうじて紙一重でほんのちょっとだけ頭が良くない。

なので、難しい事はよく分からないが、一つだけ断言出来る。

——自分から死にたいヤツなんているわけないじゃん。

「とりあえず今日のところは、アジトに帰ってクソゲーやろうぜ」

四本目の格子が落ちると共に、バイパーが泣き出した。

7

ゲーム機を大事に抱いて、バイパーが後ろを付いてくる。

「六号さん、ゲームを攻略するまでですよ。その後はグレイス王国に私を引き渡して貰いますから。私が約束を守るんですから、六号さんも守ってくださいね？」

「分かってる分かってる、約束する約束する。それよりも、目が赤いよバイパーちゃん」

適当に返事をすると、バイパーは疑いの目を向けてくる。

バイパーは牢の中で大泣きした後から、何だか俺に対して遠慮というものが無くなった気がする。

あれだけ素直で人を疑う事のなかったバイパーが、どうしてこんな子になったのだろう。

「ちなみにゲーム機がぶっ壊れたりしたら最初からやり直しな。ついでに言うと、壊れちゃったらソレって俺の国から送ってもらわないといけないからね」

その言葉にバイパーが、壊さないようにギュッとゲーム機を抱き直す。

「六号さんがゲーム機を壊したらその条件は無効ですからね。あ、あとアレですよ、手を抜いてわざと死ぬのもダメですよ！　真面目にやってくださいね！」

大丈夫だ、そんな事をしなくても、セーブデータの上書きという手がある。

ついでに事情を話してやれば、ハイネを始めとした連中が勝手にゲーム機を破壊する刺客になるだろう。

地下牢の入り口に着いた俺は、外の様子を覗う事に。

……と、耳を澄ませば、ティリスの必死な声が聞こえてきた——

「六号様、いい加減に観念してください！　これはキサラギとグレイス王国との間で、既に正式に交わされた条約です！　……あと、スノウ！　ちゃんと本気を出しなさい！」

「い、いえ、ティリス様……！　何となく気が乗らないなあというだけで、本気を出していないわけでは……」

「それを手抜きと言うのです！　ああもう……！」

光学迷彩は残念な事に一人用だ。

バイパーを連れている今、俺一人で逃げる事は不可能に近い。

しかし……。

「ぐあっ！　強い、本当に強いぞ、コイツ！」

「囲め囲め！　キサラギの戦闘員とはいえ相手は素手だ、取り押さえろ！」

「戦闘員六号……！　こ、これが魔王軍四天王を葬ってきた男の本気ってヤツか……！」

俺の視線の先では、メイド服を着た俺が騎士を相手に戦っていた。

ティリスが言っていたように、スノウがいつもの生彩を欠いている。

ひょっとして、俺がバイパーを逃がすつもりなのを知って、手加減してくれているのだろうか。

俺は俺を助けるべく、バイパーに光学迷彩をそっと手渡す。

(これは姿を見えなくするアイテムだ。俺は今からメイド俺を助けてくるから、バイパーちゃんは門の方へ逃げるんだぞ)

(わ、私がティリス姫にお願いして、処刑を少しだけ待ってもらいます！　なので、どうか……)

バイパーはそう言うが、ティリスはあれで本物の王族で施政者だ。

この国の威信に懸けて、情に絆され今さら延期してくれるとは思えない。

俺はマスクを取り出し被り直すと、俺の下へと駆け出した。

「ヒャッハー！　ここは通さねえぜ！」

「新手⁉」

「そ、そんな、コイツ地下から……⁉」

目の前に立ち塞がる俺の姿に、俺と戦っていた騎士達がどよめいた。

「おい俺、任務は無事に完了した。ここは速やかに撤退だ」

隣に立つ俺に呼び掛けるも、だがゆっくりと首を横に振るメイド俺。

メイド俺は被っていたマスクに手を掛けて──

「あ、あなたは、戦闘員十号様⁉　……ッ！　魔王バイパーがいるかどうか、地下牢を確認しなさい！　十号様は囮です、放っておいて構いません。新手の方を制圧し、急ぎ地下牢へ。魔王の確保が最優先です！」

マスクを外した十号に、ティリスが驚きと共に汗を垂らして後退る。

騎士達の警戒を歯牙にもかけず、十号がゆっくりとティリスの下へ歩いて行く。

「俺にはまだやらなきゃいけない事がある。そこを通してもらおうか」

「こ、この先は私の部屋に続く道ですが、何をするのかお尋ねしても……？」

十号に苦手意識でも持っているのか、ティリスがジリジリと後退る中、

「別に大した事じゃない。俺はティリス姫の部屋の家具になる」

「ちょっと何を言っているのか分かりません」

俺も何を言っているのか分からない。

「ここの地下牢に閉じ込められている間に考えたんだ。俺はティリス姫に何度も迷惑を掛けた。そのため、俺に出来る事でティリス姫にお詫びをしようと。ティリス姫のために、何か役に立つ事を、とな……」

うん、そこまでは一応理解出来る。

「そこで俺は考えた。俺に出来る事といえば戦う事。しかし、平和を愛するティリス姫に、戦うだけの男なんて必要ない。そうだろう？」

「いえ、優秀な兵士は喉から手が出るほど欲しいのですが……」

ティリスの意見を聞き流し、十号は大きく両手を広げ。

「地下牢にいる間、椅子に擬態する練習に励んでいた。椅子だけじゃない、ベッドもいける。喜ぶがいいティリス姫、これからは俺がたまに家具になる。椅子やベッドのフリをして、陰からそっと見守ろう」

「この男を最優先で捕まえなさい！」

――十号が強烈なインパクトと共に、激しく抵抗し騎士連中の注意を惹く間、俺は正門へと近付いていた。

門番すらも十号を取り押さえに行っているため、今なら脱出出来そうだ。

あのティリスから冷静さを失わせるとは、さすが十号只者じゃない。

……と、光学迷彩で姿を消したバイパーが、俺の肩をトントンと叩いた。

一応そこにいるかどうかを確認するため、なんとなく手を突き出す。

……が、見えない手に摑まれたような感触と共に、それ以上前に出せなくなった。

（くっ……！　これはただの確認作業なだけなのに……！）

（私ならちゃんとここにいます！　どこを触ろうとしているんですか！）

ヒソヒソと抗議の声が聞こえてくるが、ちょっと前のバイパーなら抵抗もせずに触らせてくれた気がする。

前向きになったのはいいのだが、俺は余計な事までやらかしたのか？

そんな風に葛藤しながら門を押し開けようとするも、ビクともしない。

いや、門を開くには鍵がいるのか！

門番だってバカじゃない、持ち場を離れる時は鍵ぐらい掛けていくだろう。

——と、その時だった。

城の外から何かが爆発するような轟音が鳴り、それと共に危険を知らせる鐘が鳴る。

「姫様、これは街の外に大量の魔獣が現れた時の鐘の音です！」

「それに、今の爆発音は街の中から聞こえてきました！　既に街の中まで魔獣に侵入されているのかも……」

魔獣接近の鐘の音は、多分ウチで飼われている三匹が吠え立てていたせいだろう。

爆発音の方は、上手くミピョコピョコの卵が孵ったのか……。

と、騎士達は外の様子が気になるのか、自然と街へと続く正門へと視線が向けられ――

門を開けようとしている俺と目が合った。

「……ッ！　十号様は一旦……！　うう……、い、一旦置いておき、そちらの戦闘員を捕まえなさい！　地下牢で何をしていたのかを問うのです。地下牢に魔王の姿が見えなければ、その男が居場所を知っているはずです！」

くそ、戦闘服の補正込みで殴っても、門が開く気配がない！

いや、冷静に考えろ。

このまま俺と十号が捕まれば、騎士達が魔獣退治のために外へと向かう。

となれば当然正門も開くはずで――

（バイパーちゃんはこのまま門の傍で隠れててね。そうしたら、その内門が開くだろうか

らそれに合わせて逃げればいい）

だがバイパーからは返事はなく、代わりに首を横に振ったような気配を感じた。

やがて、ザッという足を引く音と共に、バイパーの深い吐息が聞こえてくる。

何をする気か察した俺は、虚空に向かって呟いた。

「バイパーちゃんって変なところで頑固だよね。でも俺、バイパーちゃんのそういうとこ、嫌いじゃないよ」

小さく息を吐く音と共に、光学迷彩の機能が激しい動きに追い付けず、バイパーの姿を露わにする。

どこか吹っ切れたような顔のバイパーは、腰だめしていた左の拳を、声を張り上げ振り抜いた。

「魔王パンチ！」

8

城から脱出した俺は、グレイスの街を駆けながら、嫌な汗が止まらなかった。

「どうしたんですか六号さん、先ほどから凄い汗ですよ？」

隣を走るバイパーが心配そうに尋ねてくるが、それを遮るように爆音が轟いた。

《悪行ポイントが加算されます》

……そう、先ほどからポイントの加算が止まらない。

一つぐらい孵化してくれればと撒いた卵は、予想外に効果を発揮しているらしい。

街の至る所で「ミピョコピョコがー」という声や爆発音が響いていた。

「……魔王軍の残党が、バイパーちゃんを取り返すためにテロでも起こしてるんじゃないかなって……」

「わ、私のところの魔族達はそんな事しませんよ！　この騒ぎは六号さんが関わってますよね？　何が起こっているのか知ってるんですね!?」

あっという間に俺の仕業だと看破したバイパーは、足を止めて辺りを見回し。

「……やっぱり私は、大人しく処刑されておくべきなのでは……」

「ミピョコピョコの卵だから！　アレ、ミピョコピョコの卵が孵って、生まれたてで気が立ってるヤツが爆発してるだけだから！　俺聞いたもん、生まれたてのヤツの爆発は人が死ぬような威力じゃないって！」

と、バイパーが辺りの被害状況を測る間に、城の騎士達が追い付いてきた。

「バイパーちゃん、とりあえず走りながら考えよう！」

「いえ、あそこに、崩れた木材に挟まれた人が！」

バイパーは迫り来る騎士に目もくれず、痛みに呻く男を助けに行く。

「バイパーちゃんって本当にお人好しだよね！　でも俺、バイパーちゃんのそういうとこ嫌いじゃないよ！」

　俺が、救助に向かうバイパーに叫び、騎士を足止めすべく身構えた、その時だった。

「あらあら、負傷した人を助けてポイント稼ぎだなんて、泥棒猫らしく浅ましい事をやっているわね」

　そんな悪役令嬢みたいな事を言いながら、酷薄な笑みを浮かべたグリムが現れる。

　騎士達の進路を塞ぐ形で、まるで取り巻きのように戦闘員達を従えながら、グリムは自分の車椅子を押していた一人に指を鳴らした。

「……？　なんスかグリムさん、打ち合わせに無い事されても分かんねえっス」

「被害者は聖職者であり大司教でもある私が助けるから、魔王であるお前は必要ないみたいな事を言うのよ！　その後、蔑むように皆で笑うの！　いいわ、私が言うから貴方達は後に続いて笑いなさい！」

おかしな事を言いながらグリムが負傷者の下へと向かう。

なるほど、なんかツンデレみたいだが、コイツなりにバイパーの事を助けようと……。

「……ちょっと、貴方も何ボサッとしてるのよ！　怪我人を癒やすのは私の仕事よ！　怪我したイケメンを助けて、勝手に惚れられた私はこう言うの。『ごめんなさい。私にはもう、将来を誓い合った人が……』ってね！」

「「「わはははははは！」」」

「お待ち、今のは笑うところじゃないわよ！　……なによ、とっとと行きなさいよ！」

……いや、単にイケメン負傷者を誑かしたいだけかもしれない。

それよりも、将来を誓い合った人とやらはまさか俺の事じゃないだろうな、脳内でドンドン補正されてないだろうな。

イケメン負傷者を手当てするシチュエーションを日頃から妄想していたのか、グリムが手際よく治療を施す。

「ありがとうございます、感謝します！」

それを見て一言叫んで駆け出すバイパーに、騎士達が道を塞ぐグリムを迂回する。

だが、戦闘員達がその前にさりげなく立ち塞がり……、

「ま、待てっ！　おい、行かせるな！　……貴様ら、こんな事をしてどうなるか分かって

いるのか⁉」

「グリム様、邪魔されては困ります！　あの女が誰か知らないのですか⁉」

　吠える騎士達に向け、グリムが妖艶な笑みを浮かべ手招きした。

「あんな小娘よりも私の方がいい女でしょう？　こんなに綺麗な月が出てるんだもの、月見酒としゃれ込まないかしら？　ふふっ、さあ、仕事を忘れて……」

　二人の騎士が踵を返す。

「コイツらと揉めてる時間が惜しい！　迂回しろ！」

「そこの通りに裏道がある。そっちに行こう！」

「…………」

　放置されたグリムが顔を覆って震えている。

「ああっ、グリムさん！　だ、大丈夫っス、グリムさんは多分いい女ですよ！　六号がそう言ってました！」

「おい、グリムさんが本気で泣いてるじゃねえか、お前らそれでも男かよ！」

「グリムさんに謝れよ！　……えっと、グリムさん！　俺、今は好きな人がいますんで、もし来世で会う事があれば付き合いましょう！」

　そんな声を背中越しに聞きながら、俺とバイパーは人の多い大通りへ。

街ではミピョコピョコだけでなく戦闘員も暴れているのか、そこかしこからチンピラ染みた罵声が聞こえる。

だが今夜は砂の王の討伐祭なのだ、祭りと言えば喧嘩が付きもの、これは仕方のない事だろう。

——やがて、グリムの怨嗟の声と騎士の悲鳴が遠くから轟く中、俺達は街の広場へと差し掛かった。

普段人でごった返している広場なら、きっと追っ手の騎士も足が止まる。

だって自国民を押しのけて強引に追い掛けるなんて出来ないもんな。

俺はもちろん遠慮はしない、だって悪の組織の人間ですもの。

……と、広場に入った俺達は、嵌められた事に気が付いた。

「待ってましたよ、六号殿。やってくれましたね……」

顔は見た事あるのだが、名前までは思い出せない、そんな程度の仲の騎士隊長が、多数の兵士を従えて広場で待ち構えていた。

兵士達の手には投網やロープが握られており、殺すつもりは無い事がうかがい知れる。

目の前の騎士や兵士の数は百を超え、さすがにコレを制圧するのはちょっと厳しい。

……と、足を止めた俺の隣で荒い息を吐いていたバイパーが、抱いていたゲーム機を差し出してきた。

「謎解きの部分は、解けるところだけ解いてあります。……その、約束を守れなかったのは残念ですが、これだけ走ったのは久しぶりで、おかげでとってもスッキリしました」

そう言って、本当に悔いの無い顔で笑みを浮かべるバイパーに。

「完璧に見えるバイパーちゃんは、諦めるのが早いのが弱点だね。頭がいいから、無理かどうかの判断がすぐに付いちゃうんだろうね」

俺は息を整えながら、久しぶりに転送端末を手に取った。

そこに映し出された画像を見て、俺はバイパーにそれを見せ付ける。

「この数字が何か分かるかいバイパーちゃん。これってさ、俺が今まで貯め込んだ中で過去最大級のポイントなんだよ。そしてこの数字は、そのまま俺の力になると思っていい」

元々、もうすぐマイナスポイントが終わる頃ではあったのだ。

それが今夜の大暴れで、悪行ポイントが四桁に差し掛かろうとしている。

「ダ、ダメですよ六号さん、誰かを殺したりしてまで私は生き延びたくはありません。何をするつもりか知りませんが……」

不敵な笑みを浮かべる俺に、辺りの兵士達が後退る。

そう、ここにいるのは顔を見た事はあるが名前までは思い出せない、その程度には付き合いのある連中だ。

当然、俺達戦闘員の力もそれなりに知ってるわけで……。

「大丈夫だよバイパーちゃん、死なない程度に抑えるからね。ちょっと焦げたり爆発したり感電したり凍ったりするかもだけど、ちゃんと死なないヤツを使うから」

「穏便に！　穏便に、話し合いとか出来ないでしょうか六号さん！　私はもう逃げないので、せめてあのゲームをクリアするまでは、とか……！」

焦りの表情を見せるバイパーの様子に、その場の騎士や兵士達が、俺が何をしようとしているのか察したようだ。

せっかくプラスに転じた悪行ポイントだが、またマイナスになってもいい。

ここでバイパーを見殺しにすれば、多分一生後悔しそうで……、

「やってくれたなこの野郎、あれだけ大人しくしてろっつったろ。そんなに相棒の自分が信じられねえか？」

俺が各種制圧武装を選んでいると、スノウとティリスを引き連れた、この場で一番会いたくないのが現れた。

「悪いなアリス、ここは大人しく引いてくれ。さもないと、俺が貯めに貯め込んだ悪行ポイントがこの街を火の海に変える事になるぞ」

「お？　自分と本気でやるってのか？　いいぞ、やれるもんならやってみろ。自分を仕留める事が出来たとしても、動力炉の暴走で街どころか周辺諸国が火の海だ」

「やめてくださいね？　本当にやめてくださいね？」

「六号さん、ダメですよ!?　お願いですからやめてください！」

俺とアリスが火花を散らすとティリスとバイパーが必死に止める。

このままではマズいと判断したのか、ティリスが素早く指示を出す。

「スノウ、他の騎士や兵士と共にこの二人を捕らえなさい。……なるべく傷を付けずに、刺激しないよう穏便によ？」

と、その言葉に、命じられたスノウがビクッと身を震わせた。

コイツの事は分かってる。

たまに、本当にごく稀にいいヤツな時もあるが基本的には長い物に巻かれるタイプだ。

この状況なら仕方ない、俺だって同じ立場なら従うかもしれん。

「ティ、ティリス様……。これは決してその、歯向かうとかではないのですが……」

だがスノウはそう前置きした後で、

「このバイパーという女は、魔族にしては珍しい、とても善良なヤツでして……。しかも、書類仕事も出来る上に戦う力もあるのです！　ここで殺してしまうより、生かして利用した方が……！」

「そこまでです」

必死に訴えるスノウを止めたのは、庇われている当のバイパーだった。

「ありがとうございます、スノウさん。思えば、アジト街ではずっと迷惑ばかり掛けていましたね。ですが、大丈夫です。今までは魔王の娘というだけで恐れられ、肩書きだけを必要とされました。ですが、ここでは私の仕事の能力だけを評価され、ちゃんと自分を見てもらえました。その上これだけの人に助けられて、私はとても幸せです。これ以上は望みませんから……。そんな、辛そうな顔をしないでください」

バイパーはそう言って、アリス達の下へと歩いて行く。

俺がそちらに視線を向けると、目が合ったアリスが任せておけとばかりに頷いた。

……お前を信じていいんだな？

「バイパー、お前は他とは違う。自分が今まで見てきた中でも優秀で、戦闘員みたいなアホでもねえ」

一々毒を吐くのがいただけないが、一理あるので黙っておく。

騎士や兵士が固唾を呑んで見守る中、アリスが何かを差し出した。

「コイツの使い方は説明書に書いてある。どう使うかはお前次第だ。どうせここまでやらかしたんだ、魔王の意地を見せてやれ」

アリスから何かを受け取ったバイパーは、説明書に目を通す。

説明書を読むバイパーに近付き、俺も横から覗いて見てみるが、この国の文字で書かれているためそれが何なのか分からない。

説明書を読み終わったバイパーは、俺とアリスへ困ったように苦笑を浮かべると。


――突然、民家の屋根に向かって大きく跳んだ。

高所で綺麗な月を背にした美少女の姿は否でも目立つ。

こちらを遠巻きに見ていた野次馬や、その場の皆がバイパーだけに注目した。

バイパーはジッと俺を見詰めると、途端に真剣な表情で――

「我の名はバイパー。前魔王ミールミールの娘、魔王バイパー」

突然中二病に目覚めたバイパーは、皆の注目を集めたまま、マントをバサッと翻す。

アリスから受け取った何かを空に掲げ、尚も声を張り上げた――

「魔族による人族への侵攻は、全て我が父と我が仕組みしもの。代々魔王に伝わる洗脳魔法で、無知蒙昧なる魔族を操りここまできたが……」

……これはアレだ、ラスボスが最期に今までの計画を全て喋るヤツだ。

「そこにいる、秘密結社キサラギの戦闘員により、我らの計画は全て台無しにされた。どうにかこの地から脱しようとテロを仕掛けてみたのだが、それもこうして防がれてしまった。……そう、今夜の爆発騒ぎに魔獣騒動も、全ては我が計画せしもの……」

アリスが目を輝かせて頷いているが、お前本当に大丈夫なんだろうな。

これ、本当に大丈夫だろうな。

「このまま人族ごときに処刑されるぐらいならば、自らの手で命を絶つ方がマシというもの。魔王の死に様、とくと見よ――」

アカン、これは大丈夫じゃないヤツだ……！

俺は咄嗟に駆け出そうとするが、こちらを見詰めるバイパーは、掲げていた何かからピンらしき物を引き抜くと――

「我が力、見るがいい！　天地轟雷！　ミドガルズ・ライトニング――！」

強烈な光と爆音と共に、バイパーの姿が消え去った――

「よくやった！　どうだ六号、自爆は最期の悪の華だ！　お見事でした！」

「バカッ！　お前の自爆好きは知ってたはずなのに、信じた俺がバカだったよ――！」

9

あの騒ぎから一週間が経った。

バイパーが見事な散り際を見せた後、俺は泣きじゃくるハイネと共にしばらくの休みを貰い、ボーッとした毎日を送っていた。

まあ俺に関しては、休みなんて貰わなくてもサボりまくっていたわけなのだが。

実際のところアリスがやってくれやがったわけだが、頭ではちゃんと分かっているのだ、あの血も涙もないアンドロイドが正しいという事ぐらいは。

それに、衆人環視の中でどこの馬の骨とも分からないヤツに処刑されるぐらいなら、魔王として華々しく散った方が最期の見せ場もあってマシだったのかもしれない。

そう、言われなくても分かっているのだ。

長く続いた戦争を円満に終わらせるには、ああして見せしめが必要な事ぐらい……。

「……なあハイネ。紅い瞳、漆黒の毛、比類なき名を持つ爆焔の王……これって一体何の魔獣だ？」

「……邪神か破壊神か何かじゃないのか？　アタシに聞くなよ、頭を使うのは苦手なんだ」

相変わらずわけの分からない謎解きだが、このクソゲーだけはどうしてもクリアしておきたい。

あまり頼りたくないのだが、ここはアリスに聞くべきか。

「……邪神も破壊神もどっちも外れだ。あーあ、また死んだ……」

執務室のソファーに寝そべりながら、クソゲーをその辺に放り出す。

かつてバイパーが座っていた椅子にハイネがだらしなく背を預け、誰にともなく呟いた。

「……アタシの休みっていつまでかなあ……。デストロイヤーさんがお腹空かしてるのなら、早めに復帰した方がいいんだろうけど……」

デストロイヤーさんへの誤解は解けていないみたいだが、このままの方が面白いのでそっとしておこう。

……と、大きく伸びをしながら暇を持て余していると。

《キサラギの関係者は全員アジトの広場に集まれ。本部から怪人が派遣されてきたから紹介する。一人残らずちゃんと来いよ》

俺はアリスの突然のアナウンスに、ああ……と、小さく呟いた。

「しまったな。そういえば本部に怪人の援軍要請を出したんだった……」

「これだけの猛者が揃ってるのに、まだ足りないって言うのかい？」

ハイネが尋ねてくるがそうじゃない。

意外と可愛い物好きな誰かのために、怪人パンダ男さんとコアラ男さんを要請したのだ。

だが、今となってはそれも意味のないものになってしまった。

「出迎えに行かなきゃマズいよなあ……。だって、俺が指名したんだもんなあ……」

やる気がまったく起きないが仕方がない。

まあ、パンダ男さんとコアラ男さんは見ているだけで癒される。

今の俺達にとって、案外一番の援軍なのかもしれない。

俺とハイネは怠い体に鞭打って、何とかその場に身を起こした——

——広場に着くと、既にそこには俺達を除く全員が集まっていた。

「アリス、派遣されて来た怪人って、パンダ男さんとコアラ男さんのどっちが来たんだ？」

「ああ？　あの二人は人気だからこんな僻地には来てくれねえよ」

そんなアリスの即答に、俺はガックリと項垂れる。

パンダ男さんの腹を思い切りモフり倒してやろうと思ったのだが、それすらもダメだったようだ。

整列する戦闘員の間にやる気なく並びながら、俺はなんとなく派遣されてきたと思われる怪人らしき人を見る。

——その怪人はライダーが着るような全身スーツを着込んでいた。

しかも珍しい事に、俺達戦闘員に支給されているような、フルフェイス型のヘルメットまで被っている。

だが、僅かに覗く口元と全身スーツにクッキリと現れた身体のラインから、女型怪人かと思われた。

……どうやら、思っていた以上に俺の相棒は優秀らしい。

ハイネがぽろぽろと涙を零す中、なぜか左腕側だけ袖が無いスーツを着たその怪人は、どこか聞き覚えのある声で――

「アジト街の皆さん、初めまして。私は怪人ヘビ女。秘密結社キサラギの本部から、皆さんをお手伝いするためにやって来ました。……得意な仕事は事務全般。趣味（しゅみ）は……」

その場の皆に話しかけているはずなのに、視線はしっかり俺を見ながら、

「趣味はゲームの謎解きです」

やっぱりどこか見覚えのある、優（やさ）しげな口元を綻（ほころ）ばせた――

エピローグ

新しい幹部が派遣された、その翌日。

魔族領の住人達に住居と仕事が行き渡り、にわかにアジト街が活気付き始めていた。

昨日は新幹部の歓迎会で皆が飲んだくれと化したためにうやむやになったが、現在、アリスが街の広場にて、戦闘員達に取り囲まれ説明を求められていた。

「おうチビ、今回は上手くやったかもしれねえが、俺達にも言っとけや」

「まあよくやったなチビ、ヘビ女さんについてはでかしたぞ」

「手柄挙げたからってあんま調子に乗んなよチビ。あとリリス様に言ってデカいおっぱい付けてもらえ」

戦闘員達に頭を乱暴に撫で回され、頬をむにむにと引っ張られるアリスは明らかにイラついている様子だ。
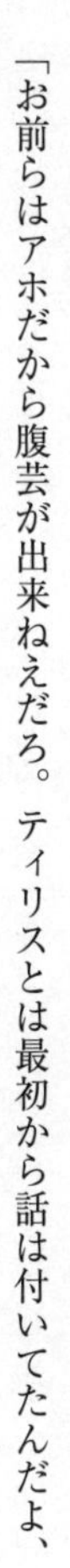
「お前らはアホだから腹芸が出来ねえだろ。ティリスとは最初から話は付いてたんだよ、

処刑に見せかけて実は……ってな。それを六号が余計な事するからややこしく……」

「よしよし、賢い賢い。でもな、次からはちゃんと事前に言えよチビ。俺達だって百回ぐらい説明されれば理解出来んだよ」

「難しい事は分からねえが、これで丸く収まったんだな？　よし、お前はもう仕事に戻っていいぞ。俺達の代わりに報告書を出しとけよ」

「おいアリス、もう戦争状態は解除されたんだから上司ぶらずに敬語使えコラ」

自分の言葉に耳を貸さない戦闘員達に、とうとうアリスがキレたようだ。

突然無表情になって動かなくなると、機械的な棒読みで。

『本体へのダメージを確認しました。これより機密保持のため自爆装置を起動させます。付近の住民やキサラギ関係者は直ちに避難してください。繰り返します……』

「待てアリス、そういうシャレにならない冗談はやめろ、怖いんだよ！」

「分かった、俺達が悪かったよアリス！　無表情とロボみたいな棒読みやめろって！」

「自爆は嘘だよな、脅しだよな⁉　アリスさん、機嫌直してくださいよ！」

戦闘員達がアリスのご機嫌取りを始める光景を執務室の窓から確認すると、俺はゲーム機を片手にソファーへ寝転んだ。

「バイパーちゃんバイパーちゃん。上は大風、下は氷結、従えるは壮絶なる稲妻の嵐。汝、我が名を唱えるがいい！　……って何だか分かる？」

「それは、生き物ではなく国の名前ではないでしょうか。氷雪地帯にあるピピムント国は、台風や落雷に悩まされているそうですよ」

答えを教えてくれるバイパーの膝では、ロゼが膝を枕に昼寝していた。

室内で眠っているのはロゼだけではなく、なぜかグリムまでもが車椅子の上でウトウトしている。

バイパーがカリカリとペンを走らせる音が響く中、俺は答えを入力すると……。

『愚か者め、立ち去れ！　このダンジョンを最初からやり直すがいい！』

「バッ……！　バイパーちゃん、やり直しになったよ！　これどうすんだよ、最初からだよバイパーちゃん！」

「違いましたか！　ごめんなさい、すいません！　書類整理が終わったら、代わりにそこまで進めますので！」

あの日バイパーがアリスから渡されたのは、音と光を発するだけの、ヒーローショー向けのアイテムだった。

アリスからのメモには、自爆したように見せかけて、戦闘員十号の光学迷彩で姿を隠せと書かれていたらしい。

当初の予定としてはホログラフを使った公開処刑を計画していたらしく、アリスとティリスに余計な事をと叱られた。

戦闘員はバカが多いので、腹芸が出来なそうという事で秘密裏に進められてたらしい。

と、その時だった。

「……ふん、もう新しい女に切り替えたのか。貴様は本当にろくでもないな」

ノックもせずに執務室に入ってきたスノウが、俺とバイパーを見て眉をひそめる。

そういえばコイツはまだ説明を受けていないのか。

「あの、六号さん。スノウさんに説明は……」

「いいんだよバイパーちゃん、コイツは守銭奴だから、金によっては秘密を漏らす可能性があるし」

俺のバイパーちゃん呼びに、スノウが怪訝な顔をする。

「……バイパーちゃんだと？」

「俺の星ではヘビをボアとかバイパーって呼ぶんだよ。ヘビ女さんだからバイパーちゃん」

それを聞いたスノウは嫌そうに顔を顰めると。

「貴様は本当に節操がないな。魔王の名を背負いながら、健気に責務を果たしたバイパーをポッと出の女に重ね合わせるとは……。命を落とした兵士に代わり毎日のようにいびっていたが、私はあの魔族の事はそれなりに認めていたのだ。上に立つ者として、そして人間性に関してもな。それを貴様は……！」

「あ、あの、スノウさん、お願いですからどうかそれぐらいで……」

目の前で褒められて恥ずかしそうに顔を赤くするバイパーに、スノウがカッと牙を剝く。

「貴様にスノウさん呼びされるいわれはない！」

「ご、ごめんなさい！」

と、イライラと頭を搔いていたスノウだったが、やがて俺の方に向き直ると。

「そんな事はどうでもいい。実は、ここに来たのはわけがあるのだ」

そう言って居ずまいを正し、

「隊長、どうか私もキサラギで雇ってください！」

…………。

「ええ？　いやお前、騎士の肩書き取ったらもう何にも残らねえじゃん……」

「それ以外にも色々あるぞ！　いや、そうではなくて！　実はティリス様から、今回の件に関してお叱りを受けてな……。とうとうクビになりそうで……」

まあ、実はこの辺も既にティリスから聞いていたりする。

グリムやロゼだけでなく、スノウも仲間に入れてやってくれと直々に頼まれたのだ。

なので、コイツの移籍は既に決定しているのだが……。

「俺を呼ぶ際にはさんを付けて、毎日色気のあるサービスをするなら構わないぞ」

「ろ、六号さん、それはあんまりでは……。それに、スノウさんがクビになるのはおそらく私が原因なのでは……」

俺の提案にバイパーが注意してくるが、スノウはハタと何かに気付いたようだ。

「そ、そうだ、怪人のヘビ女殿は六号より上の立場ではないか！　ヘビ女殿、どうか私をキサラギに！」

「あっ、コイツ！」

そう、仕事が出来る上に実力もあるバイパーは、いきなり幹部待遇での加入となった。

い、いやまあ元魔王で部下の扱いも慣れてるだろうから、俺は気にしてないんだけどね？

——と、俺が密かに自分に言い聞かせていたその時だった。

《緊急事態だ。キサラギの関係者は作業を中断し、至急会議室に集まるように》

非常時の警報と共に聞こえてきたのは、アリスのそんなアナウンス。

何事かと耳を澄ましてみれば——

《戦争中の隣国、トリスが消滅した。繰り返す。至急会議室に集まるように》

あとがき

このたびは、『戦闘員、派遣します！』５巻を手に取っていただきありがとうございます、作者の暁なつめです。

このシリーズもとうとう五冊目、発売当初は続巻が出るかどうかは1巻の売れ行き次第と言われていたのが、読者様のおかげでここまで刊行する事が出来ました、ありがてぇありがてぇ……！


今巻はちょっとシリアス成分有りな下っ端戦闘員多めの巻となっておりますが、彼らはこれからアジトでお留守番要員となりますので、魔王編が終わる前に登場させてあげる事が出来て良かったです。

このすばならここで終わりなのでしょうが、戦闘員シリーズにおいては、ファンタジー要素はむしろこれからが本番です。

一応の区切りとなる今巻ですが、ようやくキャラクターが出揃いました。

ロゼの出生の秘密やら、あちこちで発見されるオーバーテクノロジーの解明、そして惑星開発に探索にと、手を替え人を替えての侵略の日々が始まる事でしょう。

この物語の最終目標は魔王退治ではないので、実にアッサリと倒された魔王ですが、その人柄や細かいエピソードはいつの日か語られるんじゃないかなと……。

――需要はなさそうなので、多分バイパーの思い出話程度でしか出ないかと思います、仕方ないね。


そして、実は戦闘員シリーズにおいて重大発表が。

一応言っておくとドラマCDではありません。

別に勿体ぶるわけではないのですが、近いうちにスニーカーさんから発表されると思いますので、お楽しみに！

――というわけで今巻も、締め切りがカツカツになりながらも無事に刊行する事が出来たのは、絵師のカカオ・ランタン先生をはじめ、担当のKさんや編集部の皆さん、その他様々な方々のおかげです。

出版に携わってくれたそんな方々にお礼を言いつつ。

そしてすっかり恒例の挨拶となっておりますが、この本を手に取ってくれた読者の皆様に、深く感謝を！

暁　なつめ

戦闘員、派遣します！5

著　暁 なつめ

角川スニーカー文庫　21973

2020年1月1日　初版発行
2021年3月15日　5版発行

発行者　青柳昌行

発　行　株式会社KADOKAWA
〒102-8177 東京都千代田区富士見2-13-3
電話　0570-002-301（ナビダイヤル）

印刷所　株式会社暁印刷
製本所　株式会社ビルディング・ブックセンター

●お問い合わせ
https://www.kadokawa.co.jp/（「お問い合わせ」へお進みください）
※内容によっては、お答えできない場合があります。
※サポートは日本国内のみとさせていただきます。
※Japanese text only

Printed in Japan　ISBN 978-4-04-108974-3　C0193

★ご意見、ご感想をお送りください★
〒102-8177 東京都千代田区富士見2-13-3
株式会社KADOKAWA　角川スニーカー文庫編集部気付
「暁 なつめ」先生
「カカオ・ランタン」先生

[スニーカー文庫公式サイト] ザ・スニーカーWEB　https://sneakerbunko.jp/

角川文庫発刊に際して

角川源義

第二次世界大戦の敗北は、軍事力の敗北であった以上に、私たちの若い文化力の敗退であった。私たちの文化が戦争に対して如何に無力であり、単なるあだ花に過ぎなかったかを、私たちは身を以て体験し痛感した。西洋近代文化の摂取にとって、明治以後八十年の歳月は決して短かすぎたとは言えない。にもかかわらず、近代文化の伝統を確立し、自由な批判と柔軟な良識に富む文化層として自らを形成することに私たちは失敗して来た。そしてこれは、各層への文化の普及滲透を任務とする出版人の責任でもあった。

一九四五年以来、私たちは再び振出しに戻り、第一歩から踏み出すことを余儀なくされた。これは大きな不幸ではあるが、反面、これまでの混沌・未熟・歪曲の中にあった我が国の文化に秩序と確たる基礎を齎らすためには絶好の機会でもある。角川書店は、このような祖国の文化的危機にあたり、微力をも顧みず再建の礎石たるべき抱負と決意とをもって出発したが、ここに創立以来の念願を果すべく角川文庫を発刊する。これまで刊行されたあらゆる全集叢書文庫類の長所と短所とを検討し、古今東西の不朽の典籍を、良心的編集のもとに、廉価に、そして書架にふさわしい美本として、多くのひとびとに提供しようとする。しかし私たちは徒らに百科全書的な知識のジレッタントを作ることを目的とせず、あくまで祖国の文化に秩序と再建への道を示し、この文庫を角川書店の栄ある事業として、今後永久に継続発展せしめ、学芸と教養との殿堂として大成せんことを期したい。多くの読書子の愛情ある忠言と支持とによって、この希望と抱負とを完遂せしめられんことを願う。

一九四九年五月三日

スニーカー大賞
作品募集中!!!
イラスト/BUNBUN